Thomas Brezina

IM BANN DES GEISTERPIRATEN

Krimiabenteuer Nr. 64

Mit Illustrationen von Jan Birck

Ravensburger Buchverlag

HALLO,
ALSO HIER MAL IN KÜRZE
DAS WICHTIGSTE ÜBER UNS:

NAME: Paula Monowitsch
COOL: Tierschutz
UNCOOL: Tierquäler, Angeber
LIEBLINGSESSEN:
Pizza (ohne Fleisch,
bin Vegetarierin!!!)
BESONDERE KENNZEICHEN:
bin eine echte Tierflüsterin –
bei mir werden sogar Pitbulls
zu braven Lämmchen

Goldjunge DOMINIK

NAME:
Dominik Kascha
COOL: Lesen, Schauspielern
(hab schon in einigen Filmen und
Theaterstücken mitgespielt)
UNCOOL: Erwachsene, die einen bevormunden
wollen, Besserwisserei (außer natürlich, sie kommt
von mir, hähä!)
LIEBLINGSESSEN: Spaghetti
(mit tonnenweise Parmesan!)
BESONDERE KENNZEICHEN:
muss immer das letzte Wort haben und kann so
kompliziert reden, dass Axel in seine Kappe beißt!

AXEL

NAME: Axel Klingmeier
COOL: Sport, Sport, Sport (Fußball und vor allem Sprint, bin Schulmeister, habe sogar schon drei Pokale gewonnen)
UNCOOL: Langweiler, Wichtigtuer
LIEBLINGSESSEN: Sushi … war bloß’n Witz (würg), also im Ernst: außer Sushi alles! (grins)
BESONDERE KENNZEICHEN: nicht besonders groß, dafür umso gefährlicher (grrrrrr!)

LILO

NAME: Lieselotte Schroll (nennt mich wer Lolli, werde ich wild)
COOL: Ski fahren, Krimis
UNCOOL: Weicheier, Heulsusen
LIEBLINGSESSEN: alles, was scharf ist, thailändisch besonders
BESONDERE KENNZEICHEN: blond, aber unheimlich schlau (erzähl einen Blondinenwitz und du bist tot …)

Bibliografische Information Der Deutschen Bibliothek

Die Deutsche Bibliothek verzeichnet diese Publikation
in der Deutschen Nationalbibliografie;
detaillierte bibliografische Daten sind im Internet über
http://dnb.ddb.de abrufbar.

1 2 3 4 5   10 09 08 07 06

Umschlagillustration: Jan Birck
Redaktion: Valerie Böhner
Printed in Germany
ISBN-13: 978-3-473-47099-0
ISBN-10: 3-473-47099-6

www.ravensburger.de
www.thomasbrezina.com
www.knickerbocker-bande.com

INHALT

Luke Luzifer 6

Noch mehr seltsame Ereignisse 15

Was geschah an Bord der *Mary Blood*? 24

Anruf aus dem Jenseits 34

Geisterfunkspruch 42

Ein unsichtbarer Dieb 51

Überraschung im Hafen 60

Verlassen 70

Tanz mit dem Teufel 78

Axel geht baden 86

Halt die Klappe, Kröte! 97

Höllenschlund auf hoher See 105

Der Geruch des Bösen 114

Frau Freimann hat ein Geheimnis 123

Das verräterische Fax 131

Dieselben Augen 140

Die Orgel des Rächers 149

Ausgetrickst 158

Wer zu viel weiß … 167

Ehrenoffiziere 176

LUKE LUZIFER

Lange Zeit konnte sich Dominik nicht erklären, wie das Buch auf seinen Platz gekommen war. Als er es herausfand, befand sich die Knickerbocker-Bande bereits im Bann des Piraten. Davon ahnte Dominik aber noch nichts, als er einen ganzen Nachmittag lang in der Bibliothek des Kreuzfahrtschiffes hockte und las. Draußen fiel der Regen in dichten grauen Schleiern und die Tropfen rannen an den Fensterscheiben hinab.

Dominik versank fast in dem tiefen, weich gepolsterten Ledersessel und seine Augen wanderten unermüdlich über die Zeilen des Romans, der von einer Expedition durch den indischen Dschungel erzählte. Neunhundert Seiten hatte das Buch und er war noch nicht einmal in der Mitte. Hatte Dominik ein Kapitel geschafft, erlaubte er sich aufzustehen und zur anderen Seite der kleinen Bibliothek zu gehen. Dort türmten sich auf einer Glasplatte kreisrunde Brotscheiben, die mit Käse, Schinken, Salami und Roastbeef belegt waren und sehr appetitlich aussahen.

Am liebsten hätte Dominik alle auf einmal in den Mund geschoben. Da er aber nicht noch mehr Speck am Bauch ansetzen wollte, nahm er nur drei Stück, goss sich Cola ein und kehrte damit zu dem bequemen Sessel zurück.

Außer ihm war niemand in dem länglichen Raum. Damit die Bücher auch bei hohem Seegang nicht auf den Boden fallen konnten, hatten die Regale Türen aus Glas.

Dominik hatte sein Buch aufgeschlagen auf der hohen Armstütze liegen gelassen. Als er zu dem Ledersessel zurückkam, war es jedoch verschwunden. An seiner Stelle lag dort ein dünnes, in speckiges Leder gebundenes Heft.

Verwundert und etwas verärgert sah sich Dominik um. Die Schwingtür war geschlossen und keiner der beiden Flügel bewegte sich. Er warf einen Blick hinter den wuchtigen Sessel, aber auch dort versteckte sich niemand.

„Sehr witzig, Axel!“, knurrte Dominik. „Ich lache

nächste Woche Mittwoch, da habe ich einen Termin frei.“

In der Bibliothek blieb es still. Dominik stellte Teller und Glas auf ein kleines Tischchen und drehte eine Runde durch den Raum, vorbei an den Regalen, die vom Boden bis zur Decke reichten, den drei Stehlampen, den anderen beiden Polstersesseln und einem langen Sofa.

Kein Axel. Seinen anderen beiden Knickerbocker-Freunden Poppi und Lilo traute er einen solchen Streich nicht zu. Außerdem war von ihnen keine Spur zu sehen.

Durch die länglichen Schlitze in der Decke strömte kalte Luft herab und ließ Dominik frösteln. Wieso sank die Temperatur auf einmal? Die vergangenen zwei Stunden war es angenehm warm gewesen und er hatte den Regler der Klimaanlage nicht verstellt. Ganz geheuer war Dominik die Sache nicht. Er marschierte zu dem kleinen Kästchen am Eingang und warf einen Blick auf die Anzeige. Dort waren zweiundzwanzig Grad Celsius eingestellt. In der Bibliothek war es aber eindeutig kälter.

Noch immer glaubte Dominik an einen Scherz seines Freundes Axel, der wohl wieder einmal versuchte, ihn aus der Fassung zu bringen. Es störte Dominik, dass seine drei Freunde sich seiner Meinung nach nicht wirklich gut benehmen konnten. Jedenfalls nicht so gut, wie es an Bord dieses Luxusschiffes angebracht gewesen wäre, und er zeigte ihnen unentwegt, wie ausgezeichnet er sich mit den vielen verschiedenen Messern und Gabeln bei den Mahlzeiten auskannte und wie hervorragend er sogar mit den hochnäsigsten Passagieren reden konnte. Axel, Lilo und Poppi machten sich ständig über ihn lustig, spielten ihm Streiche und äfften ihn nach.

„Mich kriegt ihr diesmal nicht dran!", murmelte Dominik vor sich hin, kehrte an seinen Platz zurück und ließ sich in den Sessel sinken. Die mächtige Rückenlehne ragte hoch über seinen Kopf und die Armstützen reichten ihm fast bis zu den Schultern. Er griff nach dem kleinen Buch und rümpfte die Nase.

Das Buch roch nicht sehr gut. Prüfend schnupperte Dominik am Leder, das ihn an den Gestank eines Ziegenstalles erinnerte.

In den Einband waren wie mit einem Brenneisen zwei Worte tief eingebrannt: *Luke Luzifer.*

Die Seiten waren aus dickem, rauem Papier. Steif ragten sie auf, als Dominik das Buch öffnete. Bei dem Heft, das er in Händen hielt, handelte es sich offenbar um ein Notizbuch. Mit schwarzer Tinte waren zahlreiche Eintragungen gemacht worden. Es gab einige Zeichnungen von Segelschiffen und Strichlisten. Die Buchstaben waren klein und lang gezogenen.

Dominik packte die Neugier und er versuchte zu entziffern, was da stand. Er schaffte es, die englischen Sätze einigermaßen zu übersetzen. Was er nicht verstand, reimte er sich zusammen. Mit jedem Satz steigerte sich seine Aufregung. Der Inhalt lautete etwa so: *An denjenigen, der diese Aufzeichnung in die Hände bekommt. Diese erste Seite schreibe ich als letzte. Ich muss damit rechnen, dasselbe Schicksal zu erleiden wie alle anderen an Bord. So hoffe ich, dass alles, was ich über Luke Luzifer erfahren habe, gefunden, gelesen und verbreitet wird.*

Auch wenn das letzte Rätsel ungelöst bleibt. Zumindest für mich.

Unterzeichnet: Edward Scissor, Reisender, auf dem Weg in die neue Welt, gefangen von Luke Luzifer am 28. des siebenten Monats im Jahr 1783.

Die nächsten Seiten enthielten einen ausführlichen Steckbrief des Mannes, der den seltsamen Namen Luke Luzifer trug: *Luke war erst drei Jahre alt, als beide Eltern von Soldaten gefangen genommen und in einen Kerker gebracht wurden. Von dort kehrten sie nie zurück. Angeblich waren sie in eine Ver-*

schwörung gegen die englische Krone verwickelt, was aber nie bewiesen werden konnte.

Luke war plötzlich Vollwaise und wurde in ein Arbeitshaus gesteckt. Die Kinder dort wurden wie Tiere gehalten, bekamen kaum zu essen und mussten schmutzigste Arbeiten verrichten. Zum Beispiel wurden sie an Kaminkehrer verliehen, weil sie dünn genug waren, die engen Schornsteine hochzuklettern. Auch Luke ereilte dieses Schicksal, und als er erst neun Jahre alt war, wurde er durch den Ruß, den er jeden Tag einatmete, todkrank.

Er riss aus dem Krankenhaus, in das er gebracht wurde, aus und lief davon. Wahrscheinlich rettete ihm diese Flucht das Leben, denn er schlug sich bis zur Küste durch. Was er zum Leben brauchte, stahl er, und zum Schlafen versteckte er sich in Scheunen oder verlassenen Häusern.

Die klare Meeresluft half ihm, wieder gesund zu werden.

Im Hafen von Dover schlich er an Bord eines Handelsschiffes und reiste als blinder Passagier in Richtung Amerika. Als das Schiff auf der Fahrt von Piraten angegriffen und geplündert wurde, war er der einzige Überlebende. Die Piraten entdeckten ihn auf der Suche nach Wertgegenständen unter Deck und verschleppten ihn auf ihr eigenes Schiff. Der Junge war *für sie eine Art Glücksbringer und gleichzeitig ein willkommener Sklave für Küchendienste.*

In Luke glühte der Hass gegen den englischen König und alle Menschen, die am Tod seiner Eltern Schuld hatten. Er wuchs auf mit dem Wunsch, seinen Vater und seine Mutter zu rächen. Es war für ihn selbstverständlich, bei den Piraten zu bleiben, und mit kaum siebzehn Jahren übernahm er an Bord des Schiffes das Kommando.

Es gibt keine Hinweise darauf, was mit Roy Skidd geschah, der bis dahin der Anführer der Piraten und der Kapitän der Mary Blood *gewesen war. Obwohl jung und alles andere als kräftig, nahmen die wilden Seeräuber Luke an. Um ihnen klar zu machen, was sie von ihm zu erwarten hatten, nahm er den Namen des Höllenfürsten Luzifer an.*

Mehr als zehn Jahre trieb Luke Luzifer mit der Mary Blood *und einer Schar grausamer und kaltblütiger Piraten sein Unwesen. Er kaperte alle Handelsschiffe, die unter britischer Flagge fuhren, raubte, was er nur bekommen konnte, und versenkte dann die Schiffe. Gnade kannte er für niemanden. Wer seinen Weg kreuzte, war verloren.*

Dominik war völlig außer Atem und musste das Buch sinken lassen. Er hatte das Gefühl, in ein großes Geheimnis einzutauchen.

Auf der Seite vor ihm waren Zeichnungen von Luke Luzifer. Sie zeigten einen Mann mit wilden schwarzen Haaren, die ihm ins Gesicht hingen, und weit aufgerissenen Augen. Auch sein Schiff war vom Verfasser der Notizen gezeichnet worden. Es handelte sich um einen Dreimaster, an dessen sehr langem spitzem Bug eine rot angemalte Galionsfigur angebracht war.

Nach dem Umblättern stieß Dominik auf eine Skizze dieser Figur. Wie alle geschnitzten Figuren, die am Bug von Schiffen angebracht waren, war sie weiblich. Auf ihrem Kopf ringelten sich Schlangen, die alle die Mäuler weit geöffnet hatten, als würde gerade ein hasserfüllter Schrei aus ihnen dringen. Dadurch wirkte das Gesicht der Figur sehr abstoßend. Die Augen sprangen fast aus dem Kopf und aus den geblähten Nasenlöchern schossen geschnitzte Flammen.

Die ganze Figur war blutrot und die Buchstaben auf der Schärpe, die sich quer über ihren Körper zog, formten den Namen *Mary Blood.*

Da Dominik die Fratze nicht länger ansehen wollte, hob er den Kopf. Vor der Bibliothek befand sich ein schmales Deck, das von einer Metallreling begrenzt wurde. Durch die Zwischenräume konnte er auf das Meer hinausblicken.

Noch immer regnete es heftig, doch die Sicht war etwas besser geworden.

Dominik fuhr aus dem Sessel hoch.

Auf der Reise waren ihnen schon einige seltsame Dinge begegnet. Was er aber dort draußen sah, übertraf alles. Er blätterte hastig zurück und verglich den Dreimaster, der an dem Kreuzfahrtschiff vorbeifuhr, mit der Zeichnung der *Mary Blood.*

Das konnte kein Zufall sein. Der gleiche lange, spitze Bug, an dem eine blutrote Figur glänzte. Auch nachdem er die Augen fest geschlossen und kurz gerieben hatte, war das Segelschiff noch da.

NOCH MEHR SELTSAME EREIGNISSE

Wo waren Axel, Lilo und Poppi? Er musste sie finden, damit sie die *Mary Blood* mit eigenen Augen sahen. Andernfalls würden sie ihm bestimmt nicht glauben und behaupten, er habe alles nur erfunden, um sich wichtig zu machen. Dominik stopfte das alte Notizbuch in die Tasche seines dunkelblauen Blazers mit den Goldknöpfen, den er zu einer weißen Hose trug. Er sah darin aus wie ein junger Lord, und er gefiel sich in dieser Rolle.

Dominik fing hektisch an zu suchen. Er stürmte zuerst zwei Decks tiefer zu Kabine Nummer 907, die er mit den anderen teilte. Doch sie war leer.

Jetzt hieß es scharf nachdenken: Axel hielt sich wahrscheinlich im Fitnessraum des Schiffes auf und trainierte dort seine Muskeln. Aber ihn suchte Dominik viel weniger als Lilo. Sie musste unbedingt von dem Büchlein und dem Auftauchen des Piratenschiffes erfahren.

„Verrückt, völlig verrückt!“, murmelte Dominik immer wieder, während er durch die Gänge lief. Seine Schritte waren kaum zu hören, da ein flauschiger Teppichboden jedes Geräusch schluckte. Über ihm an der Decke gab alle paar Meter eine halbkugelförmige Lampe aus Milchglas weiches Licht ab. „Ein Piratenschiff, das gibt es nicht!“ Im nächsten Moment schimpfte Dominik innerlich mit sich selbst, weil er schon wie Axel redete.

Auf dem Promenadendeck kam er am Teesalon vorbei und blieb wie angewurzelt stehen. Vielleicht saßen die Freimanns dort drinnen und konnten ihm weiterhelfen. Er drückte die Schwingtür auf und der Duft von Torten und frisch gebrühtem Tee stieg ihm in die Nase.

Zu den Klängen einer kleinen Musikkapelle saßen Passagiere an runden Tischchen, nippten an Tassen aus dünnem Porzellan und knabberten bröseligen Kuchen. Herr und Frau Freimann hatten einen Platz nahe der Tanzfläche, die sich vor der Bühne befand, auf der die Kapelle spielte.

„Goldjunge!“ Eine elegante Hand mit dicken Diamantringen an den Fingern winkte ihm zu. Sie gehörte Frau Freimann, der Axel den Spitznamen Osterei verpasst hatte. Auf den hatten ihn erstens ihre Figur und zweitens ihre Vorliebe für grelle Farben gebracht. Neben ihr hockte zusammengesunken und grau ihr Mann. „Goldjunge, juhu!“

Es war Dominik peinlich, dass sie ihn immer so nannte. Damit sie nicht weiterrief, schob er sich zwischen den Tischchen durch und grüßte höflich.

Die Freimanns waren Kunden von Axels Vater und – wie Axel sich ausdrückte – stinkreich. Axel war ihnen durch Zufall begegnet, als er seinen Vater vor einigen Monaten besucht hatte. Seit der Scheidung seiner Eltern verbrachte er jedes zweite Wochenende und die Hälfte der Ferien bei ihm. Dieses Jahr hatte Herr Klingmeier beruflich sehr viel zu tun und musste deshalb die Wildwasser-Tour, die er Axel versprochen hatte, absagen.

Nicht gerade glücklich war Axel aus dem Büro seines Vaters gekommen und direkt in Frau Freimann gelaufen, die ihren Mann zu einem Termin brachte, da sich dieser die Hand gebrochen hatte und nicht selbst Auto fahren konnte.

„Was ist uns denn für ein Läuschen über die Leber gelaufen?“, erkundigte sie sich fürsorglich. Axel war in diesem Moment jeder recht, dem er sein Leid klagen konnte. Also beschwerte er sich bei ihr über die viele Arbeit, die sein Vater hatte, und die verpatzten Ferien. „Dazu hatte er versprochen, dass meine Freunde auch mitkommen können. Die werden alle total traurig sein, weil jetzt nichts wird aus dem Paddeln."

Frau Freimann hatte mit den Fingerspitzen ihre aufgetürmte blonde Lockenpracht zurechtgerückt und kurz überlegt. „Was hältst du von einer Kreuzfahrt durch die Karibik? Dort, wo es früher echte Piraten gegeben hat? Allerdings bevorzugen mein Mann und ich bequeme Passagierschiffe von heute. Bestimmt bekommen wir noch eine Kabine für euch, denn wir haben gute Verbindungen zur Reederei."

Axel war von der Einladung ziemlich überrascht.

„Leider ist meinem Mann und mir der Kindersegen versagt geblieben", klagte Frau Freimann. „Aber wenn es so Prachtkinder wie dich für zwei Wochen zu leihen gibt, so machen wir das gerne."

Noch immer zögerte Axel und gab vor, zuerst seine Freunde anrufen zu müssen. Zu seinem Erstaunen waren aber alle von der Idee begeistert, und auch die Eltern stimmten zu. Der einzige Haken an der Sache waren die stundenlangen Vorträge, die die Mitglieder der Knickerbocker-Bande über sich ergehen lassen mussten. Alle Eltern waren besorgt, die vier könnten sich vielleicht auf dem noblen Schiff danebenbenehmen und die feinen Gastgebern in eine peinliche Situation bringen.

Lilo beendete die Ermahnungen ihrer Mutter schließlich mit den Worten: „Keine Sorge, wir schließen uns in der Kabine ein und bleiben zwei Wochen lang drin. Dann kann nichts schief gehen."

Trotz aller Befürchtungen waren die ersten drei Tage auf See ohne Zwischenfälle verlaufen.

Herr Freimann sah mit seinen wässrigen Augen zu Dominik hoch.

„Langweilst du dich?"

„Nicht im Geringsten!", versicherte Dominik.

„Es wird bestimmt noch drei Tage weiterregnen." Herr Freimann knetete missmutig an den Krümeln auf seinem Teller herum.

„Hör nicht auf ihn!", trillerte seine Frau lächelnd. „Aber möchtest du nicht auch ein wenig Kuchen haben?"

Dominik lehnte dankend ab und erkundigte sich nach seinen Freunden.

„Ach, unser Tigerbaby hält nach Delfinen Ausschau und Goldlöckchen und Kleiner Pfeil wollten unbedingt auf die Kommandobrücke. Ich weiß selbst nicht, ob ihnen das geglückt ist."

„Aber nie." Herr Freimann schüttelte den Kopf.

Entweder waren alle seine Anzüge zwei Nummern zu groß, oder aber er schrumpfte während des Tages. Jedenfalls sah es für Dominik immer so aus, als würde Herr Freimann in Hemd und Jacke versinken.

Eine lächelnde junge Frau schwebte zwischen den Tischen herbei und direkt auf Dominik zu. Sie war eingehüllt in eine Wolke aus feinstem Parfüm, die Dominik zum Niesen brachte.

„Kann es sein, dass du deine Freunde suchst?"

Die Frau trug eine weiße Uniformjacke mit Goldborten und dazu eine elegant ausgestellte marineblaue Hose. Auf ihrer Brust glänzte ein Namensschild: Bellinda Klang, Chefstewardess.

„Ja!", erwiderte Dominik.

„Die beiden größeren sind oben beim Käpten. Wenn du willst, bringe ich dich auch dorthin."

„Bitte!" Dominik nickte dankbar und folgte der Frau.

„Bis zum Abendessen!", rief ihm Frau Freimann singend hinterher.

Bellinda Klang zwinkerte ihm verschwörerisch zu, sagte aber nichts. Während sie vor der Lifttür standen und warteten, betrachtete die Chefstewardess Dominik prüfend.

„Du weißt, es ist meine Aufgabe, mich um das

Wohl unserer Passagiere zu kümmern. Vor allem der besonders wichtigen, und dazu zählen die Freimanns und ihre Gäste." Der Lift kündigte sich mit einem hohen Pling an und Dominik und die Chefstewardess konnten eintreten. Sie steckte einen Schlüssel in das Schloss unter den Etagenknöpfen und drehte ihn. „Du siehst ein wenig blass aus. Ist alles in Ordnung, oder fühlst du dich nicht wohl?"

Leise surrend schwebte die Liftkabine nach oben.

Schon setzte Dominik an, von seinen Erlebnissen zu erzählen, überlegte es sich dann aber anders und meinte nur: „Ach, ich war nur ein wenig seekrank. Jetzt geht es mir aber schon besser."

„Da bin ich beruhigt." Bellinda Klang lächelte, als sei sie tatsächlich sehr erleichtert.

Als sich die Lifttüre öffnete, lag vor ihnen die Kommandobrücke mit einer hohen Scheibe, die den Blick nach beiden Seiten und in Fahrtrichtung freigab. Davor befanden sich Schaltpulte mit einer riesigen Sammlung an Messgeräten, Anzeigen, Knöpfen und Schalthebeln.

Axel und Lilo waren tatsächlich da und ließen sich vom Kapitän gerade eine Apparatur mit großem Bildschirm erklären.

„... misst bis zu dreitausend Meter Tiefe und meldet auch große Meerstiere, die unter dem Schiff vorbeiziehen, wie zum Beispiel Wale“, schnappte Dominik auf.

Suchend sah er in den Regen hinaus. Unermüdlich arbeiteten Scheibenwischer und entfernten die Tropfen, um eine klare Sicht zu ermöglichen. Obwohl das Segelschiff nicht sehr weit sein konnte, war es nicht mehr zu sehen.

Lilo bemerkte ihren Freund und rief: „He, Dominik, alter Bücherwurm!“

Der Kapitän trat auf ihn zu und streckte ihm die Hand entgegen. „Willkommen auf der Brücke.“

Mit einem verlegenen Lächeln schlug Dominik ein.

„Ich müsste dir was sagen“, raunte er Lilo zu. „Aber unter vier Augen.“

„Hast du den Fliegenden Holländer gesichtet?“, scherzte Lilo, aber Dominik fand das gar nicht komisch.

„Wir haben ein altes Segelschiff gesehen. Hat echt unheimlich ausgesehen!“, meldete Axel.

Erleichtert atmete Dominik durch. Er hatte sich den Dreimaster also nicht eingebildet. Trotzdem wollte er seinen Freunden davon erzählen, was es mit dem Schiff auf sich hatte. Ein inneres Gefühl hielt Dominik allerdings davor zurück, es hier vor dem Kapitän zu sagen. Mit seiner versteinerten

Miene wirkte er auf Dominik nicht gerade Vertrauen erweckend.

„Sind solche Segelschiffe hier oft zu sehen?“, erkundigte er sich deshalb so sachlich wie möglich.

„Von Zeit zu Zeit.“

Ein junger Mann mit Bürstenhaarschnitt, der seitlich an einer Anlage saß und Kopfhörer trug, drehte sich auf seinem Stuhl und hob einen Hörer leicht vom Ohr.

„Käpten, ein Funkspruch, den Sie sich anhören sollten.“

Ein kurzer Seitenblick traf die drei Knickerbocker. „Miss Klang, begleiten Sie die jungen Gäste bitte wieder nach unten!“, befahl der Kapitän und trat dann neben den jungen Mann, bei dem es sich um den Funker handeln musste. Nur sehr widerstrebend folgten Lilo, Axel und Dominik der Chefstewardess und ließen sich viel Zeit.

„Ein Funkspruch von einer *Mary Blood*, der keinen Sinn ergibt“, hörten sie den Funker sagen. Der Kapitän setzte ebenfalls Kopfhörer auf. Sein ausdrucksloses Gesicht verzog sich fragend und über seiner Nase bildeten sich zwei tiefe Falten.

Das war das Letzte, was die drei Knickerbocker mitbekamen, bevor sich die Lifttür schloss und ihnen die Sicht nahm.

WAS GESCHAH AN BORD DER MARY BLOOD?

Die Bibliothek wurde zum vorübergehenden Geheimquartier der Knickerbocker-Bande. Axel lümmelte in einem der Polstersessel, die Beine lässig über die Armlehne geworfen, einen Teller mit den leckeren Häppchen auf den Knien. Lilo ging vor den Bücherregalen auf und ab und knetete ihre Nasenspitze, wie immer, wenn sie nachdachte. Dominik stand am Fenster und schaute in den Regen hinaus. Nur Poppi fehlte. Wahrscheinlich stand sie draußen unter einem Vordach und suchte das Meer nach springenden Delfinen ab. Sie hatte dazu ein extrastarkes und extragroßes Fernglas auf die Reise mitgenommen.

„Ein Geisterschiff ist es wohl nicht", sagte Lilo nachdenklich. „Erstens haben wir es auch gesehen, zweitens ist es auf dem Radarschirm zu erkennen gewesen und drittens gibt es an Bord Funkgeräte."

„Da erlaubt sich jemand einen Spaß mit uns", meinte Axel. „Oder es ist einfach eine Touristenattraktion. Urlauber können das Schiff chartern und Pirat spielen. Das gefällt bestimmt vielen."

„Und der Funkspruch?", warf Lilo ein.

Dominik hielt das alte Notizbuch hoch. „Und wo ist das plötzlich hergekommen? Ich meine, das hatte schon was von Spuk."

Axel streckte seine Hand aus und ließ sie zittern. Mit hauchender Stimme verkündete er: „Es war die Hand aus dem Jenseits, die es gebracht hat. Wer sie berührt, ist tot."

„Quatsch mit Soße!" Dominik schnitt ihm eine Grimasse.

„Seltsame Zufälle", stellte Lilo fest und bat Dominik, ihr das Buch kurz zu überlassen. Sie ließ sich damit auf das Sofa fallen und blätterte die steifen Seiten durch. Dominik setzte sich neben sie.

„Ab hier habe ich noch nicht übersetzt."

Lilo fiel es schwer, die alte Handschrift zu entziffern, deshalb gab sie das Buch lieber Dominik zurück. Er las angestrengt, was Mister Scissor aufgeschrieben hatte. Dabei wurde er vor Aufregung ganz rot im Gesicht.

„Red schon!“, verlangte Axel. „Sonst rülpse ich heute Abend beim Essen und tu so, als wärst du es gewesen.“

„Wage es nicht!“ Drohend schwang Dominik die Faust, was seinen Freund aber wenig beeindruckte.

Stockend begann Dominik halb zu lesen, halb zu erzählen. „‚Während ich den ersten Teil dieses Tagebuchs nur auf Grund von alten Aufzeichnungen niederschrieb, folgt nun ein Bericht über meine persönliche Begegnung mit Luke Luzifer.‘“ Dominik trommelte mit dem Zeigefinger auf die Buchseite. „Ich meine, mit ‚ich‘ ist natürlich dieser Edward Scissor gemeint.“

„Mach schon!“ Axel wippte ungeduldig mit den Sportschuhen.

„‚Ich befand mich auf der Überfahrt von Amerika nach England. Und ich wusste von einer kostbaren Fracht, die das Schiff geladen hatte, auf dem ich unterwegs war. In mehreren Kisten sollte sich etwas befinden, das von der Mannschaft als *Orgel des Rächers* bezeichnet wurde. Was sich hinter dieser Bezeichnung verbarg, erfuhr ich allerdings nicht.

Als wäre sie aus der Tiefe des Meeres hochgeschossen, war auf einmal die *Mary Blood* am Horizont und steuerte mit rasender Geschwindigkeit auf unser Handelsschiff zu. Die Bauweise der *Mary*

Blood erlaubte eine hohe Fahrtgeschwindigkeit und große Wendigkeit. Beides besaßen bauchige Segelschiffe wie unseres nicht, die vor allem gebaut wurden, um möglichst viel Fracht aufzunehmen.'"

Dominik stockte. Nach einer Weile fasste er zusammen, was er inzwischen entziffert hatte:

„Mister Scissor macht in seinem Notizbuch keinen Hehl aus seiner Feigheit. Er schreibt hier, dass er sich tief unten im Laderaum versteckte. Dort fand er nicht nur jede Menge Fässer mit der verlockenden Aufschrift ‚Rum', sondern auch eine Holzkiste. Er öffnete den zugenagelten Deckel und fand in der Kiste einen länglichen Gegenstand, der in mehrere Öltücher gewickelt war. Daneben war offensichtlich genug Platz für einen erwachsenen Mann, denn Scissor kroch hinein und schaffte es, den Deckel wieder über sich zu ziehen."

Dann übersetzte Dominik langsam weiter:

„‚Auf diese Weise überlebte ich als Einziger den Überfall der Piraten. Die Kiste wurde von den Seeräubern verschlossen an Deck und von dort hinüber an Bord der *Mary Blood* geschafft. Ich blieb erstaunlicherweise unentdeckt.

Nach dem Überfall, während das Handelsschiff in Flammen aufging und versank, betranken sich die Piraten und feierten den gelungenen Raubzug. In der Nacht war an Deck ein lautes Schnarchen zu hören. Ich wagte mich aus meinem Versteck, beschaffte mir steinhartes Brot und gekochten Fisch, der übrig geblieben war, und verkroch mich im Bug der *Mary Blood*, in einem nicht genutzten Hohlraum, der direkt hinter der roten Galionsfigur lag. Zwei Tage harrte ich dort aus, immer in Angst, entdeckt zu werden.'"

Dominiks Augen flogen über die nächsten Zeilen. „Es kommt jetzt etwas, das das Mysterium um den Piraten und sein Schiff erst richtig interessant macht", kündigte er an und fuhr fort.

„‚Am Morgen des dritten Tages, den ich an Bord der *Mary Blood* verbrachte, empfand ich gleich beim Erwachen eine Veränderung. Genau erklären konnte ich sie allerdings nicht und schrieb sie daher meinen überspannten Nerven zu.

Ich blieb in den Hohlraum zwischen Außenwand und Innenwand gepresst. Meine Arme und Beine schmerzten höllisch, weil ich mich kaum bewegen konnte. Dazu kamen bohrender Hunger und Durst.

Normalerweise kamen von oben vom Deck immer Gepolter, das Schleifen und Trampeln von Füßen und laute Stimmen. Da wurde mir mit einem Schlag klar, was anders war.

Ich hörte nichts mehr. Zuerst schrieb ich das meinen Ohren zu, die vielleicht nicht mehr richtig funktionierten. Ich presste eines an die Außenbordwand und hörte klar und deutlich das Schlagen der Wellen. Also lag es nicht an mir.

Was war oben geschehen?

Ich wartete noch, doch schließlich kroch ich aus dem Spalt, bewegte mich durch die Dunkelheit, die unter Deck herrschte, auf eine Leiter zu und kletterte Sprosse für Sprosse hinauf. So kam ich zu einer Luke, durch die ich hinausspähen konnte.

Zuerst wollte ich es nicht glauben. Je länger ich wartete, desto mehr wuchs in mir die Gewissheit: Es schien niemand mehr an Bord zu sein. Da ich weder jemanden sah noch irgendeinen Laut vernahm, wagte ich es, die Luke aufzustoßen und ins Freie zu kriechen.'"

Dominik hielt erschöpft inne. „Komm, lies weiter!" Lilos Anspannung war nicht zu überhören. Dominiks Zeigefinger setzte sich wieder in Bewegung und folgte den nächsten Zeilen:

„‚Die *Mary Blood* trieb auf offener See, die Segel waren eingeholt und von den Seeräubern keine Spur. Zuerst noch immer in Deckung, dann aber offen lief ich vom Bug zum Heck und wieder zurück.

Außer mir war niemand mehr da.

Ich trat an die Reling und suchte nach Land. In

keiner Himmelsrichtung war Grün von Bäumen oder das Grau von Felsen zu erkennen. Über mir glühte die Sonne vom wolkenlosen Himmel herab, aber keine einzige Möwe zeigte sich. Sie wäre das untrügliche Zeichen für Land gewesen. Ich dachte, vielleicht hatte die *Mary Blood* in der Nacht irgendwo angelegt und die Piraten waren von Bord gegangen. Und da das Schiff nicht gut vertaut gewesen war, hatte es sich losreißen können und war hinaus auf das Meer getrieben.

Eigentlich hätte ich mich freuen können. Von den Piraten hatte ich nichts mehr zu befürchten. Doch ein schlimmeres Schicksal hätte ich mir gar nicht ausdenken können. Es war unmöglich, den mächtigen Dreimaster allein zu steuern, und mir blieb nichts anderes übrig, als ihn von den Wellen und der Strömung treiben zu lassen. Bald hatte ich herausgefunden, dass es noch einige Vorräte an Bord gab: getrocknetes Fleisch, hartes Brot und Sauerkraut. Die Nahrung würde noch für einige Wochen reichen, aber es gab nur noch ein halbes Fass Trinkwasser. War das leer und kein Land in Sicht, würde ich verdursten.

Um nicht in der glühenden Hitze wahnsinnig zu werden, suchte ich mir eine Beschäftigung. In der Kajüte des Piratenkapitäns fand ich dieses leere

Notizbuch und Tinte und begann darin alles niederzuschreiben, was ich über Luke Luzifer erfahren oder herausgefunden hatte. Ich fertigte Skizzen des Schiffes und der Galionsfigur an und entdeckte beim Stöbern sogar eine Art Logbuch, in dem alle Überfälle notiert worden waren.

Da Luke Luzifer wohl kaum schreiben gelernt hat, gehe ich davon aus, dass jemand die Aufzeichnungen für ihn angelegt hat. In einer Kiste lagen auch mehrere Papiere mit Berichten über Lukes Leben, seine Kindheit und seinen unstillbaren Drang nach Rache. Sie waren in der gleichen Handschrift verfasst wie das Logbuch und klangen so, als hätte der Pirat sie diktiert.'"

Dominik blätterte um und stellte erleichtert fest, dass der Text auf der nächsten Seite zu Ende ging. Er fuhr fort: „‚Was hier an Bord der *Mary Blood* geschehen ist, kann ich nicht erklären. Obwohl ich die ganze Zeit anwesend war, bleibt es mir ein Rätsel. Fast sieht es aus, als seien die Piraten samt ihrem Kapitän direkt zur Hölle gefahren. Gott gebe, dass mir dieses Schicksal erspart bleibt.'"

Axel war aufgesprungen und sah Dominik über die Schulter. „Und was heißt das da?" Er deutete auf ein paar Zeilen, die weiter unten standen.

Dominik antwortete etwas genervt, dass Mister

Scissor noch anmerkte, dass er das Buch in wasserfeste Wachstücher wickeln und in einer Kiste verstauen würde, deren Ritzen mit Pech abgedichtet sind. Eine solche Kiste würde oben auf dem Wasser schwimmen und seine Aufzeichnungen hoffentlich zu jemandem bringen, der sie lesen könnte.

Darunter waren noch ein paar hingekritzelte Worte zu sehen. Mister Scissor war beim Schreiben offensichtlich öfter abgerutscht. Dominik rückte seine Brille mehrmals zurecht, als könnte er dann besser entziffern, was da geschrieben stand.

„Mach's nicht so spannend!", maulte Axel und richtete sich auf.

Dominik hob den Kopf und runzelte die Stirn.

„Was ist?" Lilo nahm ihm das Buch aus der Hand.

„Da steht noch", sagte Dominik sehr langsam, „da steht noch … ‚Wer den Rächer an Bord holt, stirbt.'" Er drehte sich zu seinen Freunden. „Aber wieso hat er das einfach so dazugekritzelt? Es steht in keinem Zusammenhang zu dem, was er sonst aufgeschrieben hat."

Lilo verstand, worauf Dominik hinauswollte. „Ihm muss noch etwas aufgefallen sein. Er kann etwas herausgefunden haben. Aber was es war, sagt er nicht."

Langsam klappte Dominik das Buch zu und

trommelte mit den Fingerspitzen auf den verwitterten Einband.

„Bleibt die Frage, wieso es plötzlich auf meinem Sessel lag."

„Ich möchte auch noch wissen, was da für ein Funkspruch von der neuen *Mary Blood* gekommen ist", ergänzte Lilo.

Grinsend meinte Axel: „He, der Funker ist doch dein Fall, oder? Ich meine, stehst du nicht auf solche Typen? Mach ihm mal schöne Augen."

Sehr ernst blickte Lilo ihren Freund an. „Axel, weißt du, wie man dein Hirn auf Erbsengröße bekommen kann?"

Axel schnitt eine verwirrte Grimasse.

„Aufpusten! Fest aufpusten!"

Lilo und Dominik prusteten laut los.

Anruf aus dem Jenseits

Poppi fror. Nass klebten Jacke und Hose auf ihrer Haut. Um den Hals hing der breite Tragriemen ihres Fernglases, das sie von ihrer Mutter geschenkt bekommen hatte und wie einen Schatz hütete. Sie wünschte sich nichts sehnlicher, als Delfine im Meer zu sehen. Die Meeressäuger standen auf der Hitliste ihrer Lieblingstiere ganz weit oben.

Der freundliche Kellner, der am Abend im Speisesaal das Essen an ihren Tisch brachte, hatte behauptet, Delfine würden sich besonders bei Regen zeigen. Poppi hatte ihm geglaubt und zwei Stunden lang unter einem Vordach am Heck gestanden und unermüdlich die Wellen und den Horizont nach den Meeressäugern abgesucht.

Vergeblich.

Ein paar Möwen waren die einzigen Tiere gewesen, die sie gesehen hatte. Der Wind war im Laufe des Nachmittags stärker geworden und hatte ihr die dicken Tropfen ins Gesicht gepeitscht.

Fröstelnd schlich Poppi durch den Gang, der ihrer Meinung nach zur Treppe führen musste. Hier oben befanden sich nur zwei Kabinen, die groß wie Wohnungen sein sollten und jeden Tag so viel wie ein halbes Auto kosteten.

Poppi wollte so schnell wie möglich unter die heiße Dusche und hoffte, sie würde nicht Frau Freimann begegnen. Das Osterei auf Beinen bräche bestimmt in lautes Wehklagen aus und würde Poppi vielleicht nicht mehr „Tiger-Baby", sondern „Gebadetes Mäuschen" nennen.

„Und ihr grauer Gemahl würde mir vorjammern, dass ich mich erkälte, Schnupfen bekomme, danach Lungenentzündung und am Ende eine Krankheit, bei der mir mindestens ein Bein abfällt", murmelte Poppi vor sich hin.

Ein Steward in strammer, faltenloser Uniform schwebte an ihr vorbei, ein Tablett mit zwei Kristallgläsern und einer Flasche auf den Fingerspitzen. Er rümpfte die Nase und sagte: „Dieser Bereich ist ausschließlich den Bewohnern der Luxuskabinen vorbehalten."

„Jaja", knurrte Poppi. Nachdem er an ihr vorbei war, streckte sie ihm die Zunge heraus und zeigte ihm die lange Nase. Danach fühlte sie sich besser.

Der Steward klopfte an eine Tür und wurde eingelassen. Poppi presste die Arme fest an die Brust und versuchte das Zähneklappern zu unterdrücken.

Ein Telefon, das ein paar Schritte vor ihr in einer eleganten Nische in der Wand hing, läutete sehr gedämpft und leise. Es war einer dieser Apparate, von denen aus alle Kabinen angerufen werden konnten, aber auch die Restaurants an Bord und die Gästebetreuer. Das Klingeln war ein melodisches Auf und Ab von Tönen.

Schon einige Male hatte Poppi Leute gesehen, die diese Telefone benutzt hatten. Noch nie hatte sie aber eines klingeln gehört. Sie wollte daran vorbei und warf nur einen kurzen Blick auf den Apparat. Neben dem Hörer befand sich eine längliche Anzeige mit Leuchtbuchstaben.

Poppi blieb stehen und schluckte.

Es konnte sich nur um einen Zufall handeln.

Oder die Anruferin hieß so.

Etwas anderes war absolut nicht möglich.

Auf dem dunklen Streifen blinkten fünf Buchstaben: P-a-u-l-a.

Es war Poppis richtiger Name, doch sie konnte

ihn nicht ausstehen, und schon als ganz kleines Mädchen hatte sie sich selbst immer Poppi genannt. Der Name war ihr geblieben, und niemand, nicht einmal die eigenen Verwandten, nannte sie heute noch Paula.

Unablässig klingelte das Telefon weiter. Als wäre der Hörer eine giftige Schlange, die blitzartig hinter dem Kopf gepackt werden musste, schnellte Poppis Hand vor und ergriff ihn. Sie riss ihn ans Ohr und wollte sich melden, aber ihr versagte die Stimme.

Am anderen Ende der Leitung rauschte es heftig und dumpf.

Schließlich gelang es Poppi sich zu melden. „Hallo?“, fragte sie.

Die Antwort war ein Krächzen und Räuspern. Jemand begann tief und schleppend auf Englisch zu sprechen. Poppi verstand nicht alles.

„Hallo, wer sind Sie? Wollen Sie was von *mir*?“ Poppi redete atemlos und abgehackt.

Sehr langsam wiederholte der Anrufer Wort für Wort und begann mit „Hallo, Paula!“. Er klang wie tausende Kilometer entfernt. Doch das konnte gar nicht sein. Mit der Telefonanlage konnten nur Gespräche an Bord des Kreuzfahrtschiffes geführt werden.

Kurz bevor die Verbindung abbrach, nannte der Unbekannte seinen Namen. Danach war die Leitung tot.

Mit dem Hörer in der Hand stand Poppi fassungslos da. Hatte sie richtig gehört?

Was sollte das? Erlaubte sich jemand einen dummen Scherz? Sofort fiel ihr Axel ein.

Hinter ihr klapperte eine Kabinentür und der Steward kehrte mit dem jetzt leeren Tablett unter dem Arm zurück. Mit strenger Miene nahm er ihr den Hörer aus der Hand und hängte ihn mit Nachdruck ein.

„Die Apparate sind nur für uns und in Notfällen

für Passagiere. Und jetzt gehe bitte auf dein Deck zurück."

„Aber … da war ein Anruf … für mich …"

„Unsinn!" Der Steward schnaubte verächtlich und schob sie an den Schultern in Richtung Treppe.

In der Vierbettkabine der Knickerbocker-Bande war niemand. Poppi zitterte am ganzen Körper. Sie beschloss heiß zu duschen und trockene Sachen anzuziehen, bevor sie ihre Freunde suchen ging.

Nachdem sie einige Zeit unter dem warmen Wasser gestanden hatte, fühlte sie sich ein wenig besser. Sie schlüpfte in einen der flauschigen Bademäntel und band sich ein Handtuch wie einen Turban um den Kopf.

Von draußen kamen die Stimmen der anderen. Axel stürzte ins Bad, prallte aber zurück, als er Poppi bemerkte, und schlug übertrieben die Hände vor die Augen.

„Oh Verzeihung!" Er wankte zurück, als stünde Poppi nackt vor ihm. Sie beachtete ihn aber gar nicht, sondern rief: „Ich … ich muss euch was erzählen!"

In der Tür erschien Lilo. „Wir dir auch."

„Mich hat jemand angerufen … auf einem dieser Telefone im Flur."

Dominik tauchte neben Lieselotte auf und schüttelte den Kopf. „Dort kann man doch gar nicht angerufen werden. Unmöglich!“

Ein Schauer lief Poppi über den Rücken.

„Dann … dann ist es noch unheimlicher. Weil ich angerufen worden bin. Und mein Name war auf der Anzeige. Und die Stimme war komisch. Ich habe so eine Stimme schon einmal gehört. In einem Bericht im Fernsehen über Stimmen aus dem Jenseits.“

„Wenn es heute nicht schütten würde, könnte man glauben, du hast einen Sonnenstich“, neckte Axel Poppi.

Lilo versetzte ihm einen heftigen Ellbogenstoß. Sie schob sich an ihm vorbei und legte Poppi den Arm um die Schultern.

„Aber wer soll dich da angerufen haben … aus dem Jenseits?“

Poppi musste sich setzen. Sie machte ein paar unbeholfene Schritte in Richtung Kabine und ließ sich dort auf eines der beiden unteren Betten fallen, in dem sie schlief. Von ihrem Kopfkissen nahm sie einen Kuschelaffen und drückte ihn an sich.

„Jemand hat ganz heiser gekrächzt, dass er zurückkomme. So viel habe ich verstanden. Und es war auch von Rache und Hölle die Rede. Aber der Mann hat Englisch gesprochen.“

Das Wort Hölle elektrisierte die anderen drei Knickerbocker. Sofort gingen sie zu Poppi und hockten sich vor sie.

„Der Mann heißt wie der Teufel. Luzifer. Lars Luzifer … oder nein … Luke Luzifer!“ Poppi sprach ganz leise.

Axel, Lilo und Dominik wechselten fassungslose Blicke. War die ganze Sache bisher schon rätselhaft gewesen, so wurde sie nun unfassbar.

Standen sie im Bann eines Geisterpiraten?

GEISTERFUNKSPRUCH

Es blieb keine Zeit, die ganze Sache zu bereden. Frau Freimann trommelte ungeduldig an die Kabinentür der Bande und erinnerte sie trällernd, dass die vier Freunde und die Freimanns an diesem Abend am Tisch des Kapitäns sitzen würden.

„Macht euch hübsch fein. Ich will zwei kleine Kavaliere und zwei junge Schönheiten sehen. Habt ihr mich gehört?"

„Jaja", antwortete Dominik ungehalten. Zum Glück bemerkte Frau Freimann seinen unfreundlichen Ton nicht.

„Wir können dir auch etwas erzählen, das zu dem passt, was du erlebt hast", sagte Lilo und begann von den Ereignissen der vergangenen eineinhalb Stunden zu berichten.

Während sie sich für das Abendessen umzogen, erfuhr Poppi abwechselnd von ihren Freunden, was es mit Luke Luzifer auf sich hatte.

„Glaubt ihr … er … er … ist wirklich zurückgekehrt?“ Sie stellte die Frage leise, weil sie selbst wusste, wie lächerlich sie klang.

Zöpfchen flechtend streckte Lilo den Kopf aus dem Bad. „Ich sag dir was: Normalerweise würde ich über so einen Verdacht nur lachen. Heute haben sich aber ein bisschen zu viele unerklärliche Dinge ereignet.“

„Meinst du echt … ich meine, es könnte wirklich eine Geistererscheinung sein?“ Poppi beschloss, keinen Schritt mehr allein auf dem Schiff zu tun.

„Bringen Geister Bücher?“ Dominik deutete auf das alte Notizbuch, das er auf den Schreibtisch an der Wand gelegt hatte.

Mit einer großen Portion Gel hatte Axel seine struppigen Haare in steife Stacheln verwandelt. Zufrieden betrachtete er sich im Spiegel.

„Wäre heiß zu erfahren, ob noch andere Leute an Bord Anrufe von diesem Luke Luzifer erhalten.“

„Der Funkspruch!“, fiel Dominik ein.

„Beim Kapitänsdinner können wir nachfragen“, schlug Lilo vor.

Der Speisesaal trug den Namen *Odysseus* und die Einrichtung erinnerte an einen griechischen Tempel. Die großen runden Tische standen zwischen hohen weißen Säulen und die Wände waren mit Mosaiken verziert, die den Seefahrer Odysseus mit dem einäugigen Riesen Zyklop, mit der Zauberin Circe und den Meeresungeheuern Szylla und Charybdis zeigten.

Axel hätte auf das feine Abendessen gerne verzichtet und lieber einen Hamburger gegessen. Den Passagieren wurde vorgeschrieben, was sie zu tragen hatten. Für Herren bestand Pflicht, einen Anzug oder zumindest einen Blazer und Fliege oder Krawatte zu tragen. Axel fühlte sich in Kleidung dieser Art schlimmer als in einer Zwangsjacke.

„Es ist ungerecht", beschwerte er sich leise bei Lilo, während sie hinter den Freimanns den Saal betraten. „Wir müssen diese doofen Anzüge tragen und ihr könnt die kleinsten Kleidchen anziehen, selbst wenn sie aus Wischlappen zusammengenäht sind."

Vor ihnen stöckelte Frau Freimann in einer Robe, die aussah, als wäre sie aus Christbaum-Lametta geschneidert. Tausende Glitzerfäden baumelten an ihr herab und schwangen bei jedem Schritt, den sie in ihren gigantisch hohen Stöckelschuhen machte.

Lilo grinste in sich hinein und gab Axel im Stillen Recht. Aus Zeitschriften wusste sie allerdings, dass selbst solche „Wischlappen-Kleidchen“, wie Axel sie nannte, so viel wie mehrere Fahrräder kosteten, weil sie von berühmten Modeschöpfern entworfen waren.

Am Kapitänstisch gab es acht Sitzplätze. Dominik rechnete: „Wir sind alle zusammen sechs, der Kapitän dazu macht sieben, aber wer ist Nummer acht?“

„Ich!“ Ein sehr kleiner Mann verneigte sich mehrfach in die Runde und stellte sich hinter den freien Stuhl. Sein graues Haar war lang und ungekämmt, über seine Mundwinkel hing ein zotteliger Schnauzbart und zu einem ausgebeulten Cordjackett trug er eine noch ausgebeultere Cordhose.

Wieder beugte sich Axel zu Lilo und raunte: „Wieso darf der sich so anziehen und ich nicht?“

Mit zackigen Schritten trat der Kapitän an den Tisch, an dem Herr und Frau Freimann, die Knickerbocker-Bande und der seltsame Mann standen und warteten.

„Guten Abend!“ Der Kapitän hatte etwas sehr Kühles an sich, als wollte er einen tiefen Graben zwischen sich und den anderen ziehen. „Bitte, nehmen Sie doch Platz.“

Stühle wurden gerückt und alle setzten sich. Neben dem Teller des Kapitäns lag ein schmaler Zettel mit den Namen seiner Gäste.

„Madame Freimann", sagte er, während er sich leicht vom Sitz erhob und grüßend nickte. Er musterte sie fragend. „Kann es sein, dass wir uns schon begegnet sind?"

Frau Freimann lachte schrill. „Vielleicht haben Sie mich früher auf der Bühne gesehen. Ich war Sängerin an der Oper, hieß damals aber noch Robinor. Cecilia Robinor."

„Sängerin, wie interessant." Der Blick des Kapitäns wanderte weiter zu Herrn Freimann, der wie üblich säuerlich vor sich hin starrte. Danach wandte sich der Kapitän dem achten Gast zu. „Professor Lessner, es ist mir eine große Ehre."

„Ganz auf meiner Seite, ganz auf meiner Seite!" Der Professor zwinkerte heftig und tupfte sich mit der Stoffserviette die Stirn ab.

„Professor Lessner erforscht uns Menschen, wie sonst Menschen Tiere erforschen", sagte der Kapitän erklärend zu seinen anderen Gästen. „Oder habe ich das falsch ausgedrückt?"

Der schrullige alte Mann wackelte mit dem Kopf. „Ach, da ist schon etwas Wahres dran. Mich hat schon immer interessiert, wie wir innerlich funktionieren. An der Universität betreibe ich seit vierzig

Jahren Studien. Einmal habe ich zehn Studenten, die sich freiwillig zur Verfügung gestellt hatten, für drei Wochen zusammen in einen Raum gesperrt und Tag und Nacht beobachtet. An manchen Tagen bekamen sie nur feste Nahrung, an anderen ausschließlich Wasser. Der Raum war fensterlos, und wir haben mit künstlichem Licht einen Tag-Nacht-Rhythmus vorgetäuscht. Dabei haben wir die Abstände immer mehr verkürzt und schließlich war ein Tag für die Studenten nur noch zwölf Stunden lang."

Cecilia Freimann öffnete bewundernd den Mund zu einem stummen O. „Und die Ergebnisse, Herr Professor?"

„Erschreckend, erschreckend." Wieder tupfte sich der Professor Schweiß von der Stirn. „Der Mensch wird zum Tier, wenn es um sein Überleben geht. Wir mussten das Experiment nach siebzehn Tagen abbrechen, sonst hätten sich die Studenten womöglich gegenseitig aufgefressen."

„Das hätte ich Ihnen auch gleich sagen können", brummte Herr Freimann vor sich hin und hielt nach dem Essen Ausschau.

Der Kapitän begrüßte jetzt auch die Knickerbocker-Bande, von der er drei Mitglieder bereits kannte.

„Du siehst blass aus, junge Dame", sagte er zu Poppi.

Sofort zwang sich Poppi zu lächeln: „Aber mir geht es hervorragend. Wirklich."

„Danke für die Führung auf der Kommandobrücke", sagte Lilo.

„Ich werde später Funker", erklärte Axel. „Dann arbeite ich auch dort oben und empfange alle Signale und Funksprüche."

Ganz nebenbei fragte Lilo: „Was bekommt denn ein Funker zu hören? Ist das immer nur so ein Alpha-Bravo-Echo, also ich meine, so Fachsprache und Abkürzungen?"

Von allen Seiten eilten Kellner herbei und stellten Teller vor die hungrigen Gäste. Auf diesen lag ein kleines Häufchen winziger grüner Perlen und rundherum war ein dunkelblauer Kreis aus Soße.

„Fischeier mit blauer Algensoße!", verkündete einer der Kellner.

„Und ich will Hotdogs und Pommes", knurrte Axel und schob den Teller von sich.

„Wir benehmen uns fein", kam es warnend aus der Richtung von Frau Freimann. Axels Vater hatte seinem Sohn mehrfach eingeschärft, die Freimanns nicht zu verärgern, da sie für ihn sehr wichtige Kunden seien und er nicht Bankrott gehen wolle.

Der Käpten schob die Fischeier auf den Löffel und schluckte sie achtlos hinunter. Danach erzählte er einiges über den Funkverkehr, bei dem es um den Austausch von Informationen über den Wellengang, die Strömungen und das Wetter ging.

„Heute hat Sie doch dieses Segelschiff angefunkt. Was wollten die denn?", fragte Axel interessiert und so harmlos, wie er es nur schaffte.

Die ohnehin schon sehr steife Haltung des Kapitäns wurde noch ein wenig steifer.

„Ich weiß nicht genau, was du meinst."

„Dieses Segelschiff, die *Mary Blood*! Sie hat einen Funkspruch geschickt", half ihm Axel weiter.

Alle am Tisch blickten interessiert zum Käpten. Wie in Zeitlupe nahm dieser seine Serviette und tupfte sich die Lippen ab. Danach breitete er das Tuch wieder über seine Knie.

„Ach, jetzt erinnere ich mich. Dabei scheint es sich um einen sehr dummen Scherz gehandelt zu haben."

Lilo ließ den Kapitän nicht aus den Augen.

„Tatsächlich? Wie kann man sich beim Funken einen Scherz erlauben?"

„Der Funker wollte uns einreden, eine Geistererscheinung sei an Bord und versuche, ihn ins Meer zu werfen."

Frau Freimann schnappte theatralisch nach Luft. Sie kreuzte die Hände über der Brust. „Ist das die Möglichkeit? Handelte es sich am Ende um Voodoo? In dieser Gegend soll es doch noch viel schwarze Magie geben."

Schnell setzte der Kapitän ein kaltes Lächeln auf. „Keine Sorge, gnädige Frau, ich kann Sie beruhigen. Wir haben mehrfach auf der *Mary Blood* nachgefragt und schließlich Antwort von einem anderen Funker bekommen. Es muss sich um einen dummen Scherz gehandelt haben. Der Funker wusste nichts von einer Geistererscheinung und auch nichts von einem Notruf. Er behauptete, die ganze Zeit an der Anlage verbracht zu haben."

Die Suppe wurde aufgetragen und Axel schöpfte Hoffnung. Auf den ersten Blick sah die Brühe aus wie ganz normale Rindfleischsuppe mit Nudeln. Er griff nach dem Löffel, als er den Kellner sagen hörte: „Wir wünschen guten Appetit mit Tee vom Thunfisch und feinen Streifen der Seegurke."

EIN UNSICHTBARER DIEB

Stumm starrten die vier Knickerbocker in die Suppe. Die Einzige, die sich etwas zu sagen traute, war Poppi.

„Ich mag Tiere und esse sie deshalb nicht. Kann ich bitte Spaghetti mit Pesto haben?"

Cecilia Freimann tat so, als hätte man Poppi gerade eine Schüssel mit Würmern gebracht. „Tiger-Baby, wie konnte ich das nur vergessen. Du bist eine kleine Vegetarierin, und bestimmt dreht es dir den Magen um beim Anblick dieser Suppe."

„Nicht nur ihr!", zischte Axel Lilo zu.

Cecilia wedelte mit beiden Händen durch die Luft und winkte gleich mehrere Kellner herbei. In ihrer übertriebenen Art verlangte sie, dass die Suppe sofort von Poppi weggeschafft und dafür eine andere Speise ohne Fisch und ohne Fleisch gebracht würde.

Dominik, der selbst schon einige Male auf der Bühne gestanden hatte, grinste in sich hinein. Noch immer schien sich Frau Freimann als großer Opernstar zu fühlen und gerne Theater zu machen.

Bellinda Klang fegte herbei und erkannte mit einem Blick die Probleme, in denen der Rest der Bande steckte. Mit einer energischen Geste gab sie einem Kellner zu verstehen, er möge die seltsame Suppe mit den Seegurkenstreifen entfernen. Sie flüsterte ihm etwas ins Ohr und scheuchte ihn davon. Wie eine gute Freundin beugte sie sich über Axel, sodass ihn ihre langen Haare an der Nase kitzelten.

„Ich habe für euch ein anderes Menü bestellt, das euch bestimmt besser schmecken wird."

Axel konnte sich nicht zurückhalten und nieste der Chefstewardess direkt ins Ohr. Sie überspielte den peinlichen Zwischenfall mit einem perfekten Lächeln und warf beim Aufrichten ihr Haar über die Schulter.

Ein tiefer Seufzer entfuhr Herrn Freimann angesichts Axels mangelhaften Benehmens. Bellinda Klang verstand es, auch diese Situation sofort in den Griff zu bekommen.

„Ich wünsche guten Appetit“, sagte sie lächelnd in die Runde. „Im Übrigen wollte ich Sie alle einladen, am Ende der Woche an unserer Gästeshow teilzunehmen. Gemeinsam mit den Tänzern und Sängern, die jeden Abend das Unterhaltungsprogramm gestalten, können auch Sie einmal auf der Bühne stehen.“

„Ach!“, entschlüpfte es Cecilia Freimann.

„Wir wagen nicht einmal zu hoffen, dass Sie uns die Ehre einer kleinen Gesangsvorführung geben, verehrte Frau Freimann“, fügte die Chefstewardess sofort hinzu.

„Ach!“ Cecilia Freimann fühlte sich sichtlich geschmeichelt, zierte sich aber noch. Verträumt spielte sie mit den schweren Brillanten, die von ihren Ohrläppchen baumelten. „Sie müssen wissen, ich habe mich schon seit geraumer Zeit von der Bühne zurückgezogen.“

„Ihre Stimme würde uns bestimmt noch immer erfreuen!“ Bellinda nickte erneut allen zu, weil sie weitermusste. Sie war schon fast beim nächsten Tisch, als sie noch einmal zurückkam und sich hinter die Knickerbocker-Bande stellte. „Stimmt es, dass ihr trotz eurer jungen Jahre bereits Kriminalfälle aufklären konntet?“

Die vier wuchsen um ein paar Zentimeter.

„Das ist richtig“, erklärte Dominik feierlich.

„Zwei kleine Miss Marples und zwei Sherlock Holmes“, schwärmte Frau Freimann. „Wir können uns alle sehr sicher fühlen.“ Mit den Händen deutete sie auf die Damen im Saal. „Selbst wenn jemand unseren Schmuck stehlen sollte, diese vier jungen Menschen würden den Dieb finden.“

Poppi sah zu den anderen, denen das, was Frau Freimann da sagte, peinlich war. Tatsache war aber, dass es im Speisesaal an den Ohren, den Hälsen und den Fingern der Damen überall glitzerte und funkelte. Die Passagiere waren alle reich und zeigten gerne, was sie besaßen.

„Wir sind heute Nachmittag hier an Bord auf sehr rätselhafte Dinge gestoßen“, sagte Dominik.

„Ich muss jetzt wirklich weiter, aber vielleicht finden wir morgen Zeit. Dann müsst ihr mir alles erzählen!“ Die Chefstewardess eilte davon. Dominik war darüber enttäuscht.

„Rätselhafte Dinge? Was kann ich mir darunter vorstellen?“ Es war zu hören, dass der Kapitän nicht viel von den kriminalistischen Fähigkeiten der Bande hielt.

Dominik begann zu erzählen und Lilo setzte an der Stelle ein, als sie und Axel dazugekommen waren. Poppi berichtete natürlich von dem Telefonat.

Mittlerweile war der nächste Gang aufgetragen worden und die vier Knickerbocker begannen hungrig zu essen. Es gab für sie kleine Pizzas, die sie sich schmecken ließen.

„Dieses Buch hätte ich gerne gesehen“, sagte der Kapitän.

„Dann hole ich es gleich!“ Bevor ihn die Freimanns zurückhalten konnten, war Axel aufgesprungen und losgelaufen.

Der Professor hatte den Bericht der Knickerbocker-Bande aufmerksam verfolgt. Ständig massierte er seine Nasenwurzel.

„Ein Piratenkapitän, von dem keiner weiß, wie er aus diesem Leben getreten ist, meldet sich aus dem Reich der Toten“, fasste er zusammen. „Er benutzt dazu moderne Technik wie Telefon und spielt einem jungen Amateurdetektiv ein Notizbuch zu, das vor zweihundertfünfzig Jahren über ihn geschrieben wurde. Bemerkenswert. Wirklich bemerkenswert.“

Herr Friedmann kauerte zusammengesunken da und stützte den Kopf in beide Hände. Er schüttelte ihn langsam, als würde er das Unheil schon riechen, aber nicht mehr verhindern können.

„Der Funkspruch von der nachgebauten *Mary Blood* ist ein weiterer Hinweis darauf, dass hier etwas nicht stimmt“ Lilo hatte das Gefühl, die Ehre der Knickerbocker retten zu müssen.

Nur Cecilia Freimann schien der Bande zu glauben. „Ach, bestimmt arbeitet ihr alle vier bei Scotland Yard, wenn ihr erwachsen seid. Ihr seid schon jetzt richtige kleine Scottis.“

Dominik krümmte sich, als er den neuen Kosenamen hörte.

Als Axel zurückkehrte, war ihm sofort anzumerken, dass etwas passiert sein musste.

„Hat einer von euch das Notizbuch eingesteckt?“, fragte er leise.

Alle drei schüttelten die Köpfe.

„Es lag doch auf unserem Schreibtisch, oder?“

„Du hast es einfach liegen lassen?“, fuhr Lilo Dominik an. Er zuckte zerknirscht mit den Schultern.

„Es ist jedenfalls fort.“ Axel ließ sich auf seinen Platz sinken und schnaubte verlegen. „Also … wir können Ihnen das Buch nicht zeigen. Es ist aus unserer Kabine verschwunden.“

„Gestohlen?“, kam es leise von Poppi.

Der Kapitän hatte den Einwurf gehört und schlug mit der flachen Hand energisch auf den Tisch. „So etwas gibt es an Bord der *Queen Victoria* nicht, junge Dame. Hier ist in den sechs Jahren, seit sie in Betrieb genommen wurde, noch nie etwas abhanden gekommen. Wir haben elektronische Türschlösser und es wird registriert, wenn ein Mitglied der Crew eine Passagierkabine betritt." Er zog aus der Tasche seiner weißen Uniformjacke ein flaches Gerät und tippte einen dreistelligen Nummerncode ein. Es dauerte nicht lange, bis ein Offizier in blauer Uniform neben seinem Stuhl auftauchte und sich zu ihm hinunterbeugte. Der Kapitän flüsterte ihm etwas ins Ohr und der Offizier eilte los. Nach wenigen Minuten war er zurück und reichte ihm einen Computerausdruck, der eilig abgerissen und an der Unterkante ausgefranst war. Der Kapitän überflog ihn.

„Eure Kabine ist in den vergangenen sechs Stunden von niemandem betreten worden. Von niemandem außer euch."

Er klang anklagend und tadelnd.

Lilo ließ sich davon nicht beeindrucken.

„Das Buch lag auf dem Schreibtisch, als wir zum Essen gegangen sind. Also kann es nur ein Geist geholt haben."

Hilfe suchend wandte sich der Kapitän an Herrn und Frau Freimann.

Während Herr Freimann die Augen rollte, sagte seine Frau: „Auf jeden Fall haben die vier eine blühende Fantasie. Und so etwas ist sehr selten bei Kindern von heute."

Professor Lessner starrte die Bande an, ohne ein einziges Mal mit den Wimpern zu zucken. Poppi wurde der Blick unangenehm und sie senkte den Kopf.

„Bemerkenswert, höchst bemerkenswert", hörte sie den Professor vor sich hin murmeln.

Nach dem Essen bestand Herr Freimann darauf, dass die Knickerbocker-Bande sich zurückzog. Er begleitete sie in ihre Kabine und schloss hinter sich die Tür.

Vorwurfsvoll schüttelte er den Kopf und hob die Augenbrauen bis zu seinem hohen Haaransatz.

„Es war die Idee meiner lieben Gattin euch mitzunehmen, nicht meine. Ich wusste, dass eine Horde Kinder nur Ärger bedeutet und ich habe mich wieder einmal nicht geirrt. Die zwei Wochen sind mein einziger Urlaub und ich habe vor, ihn zu genießen. Also benehmt euch, sonst muss ich Herrn Klingmeier verständigen, dass ihr heimgeschickt werdet. Einfach undankbar seid ihr, das muss ich schon sagen. Schämt euch. Aber ich wusste das von Anfang an."

Betreten blieben die vier Freunde zurück. Energisch schloss Herr Freimann die Tür hinter sich, um zu unterstreichen, dass die Bande gefälligst nicht mehr herauskommen sollte.

Die Erste, die wieder etwas sagte, war Lilo. „Wir stellen hier jetzt alles auf den Kopf und suchen das Buch. Vielleicht ist es doch noch da!" Eine halbe Stunde später, nachdem sie sogar durch die Gitter in den Schacht der Klimaanlage gefasst hatten, stand für die Knickerbocker fest, dass die Aufzeichnungen über Luke Luzifer nicht auffindbar waren.

Aber hatte sie wirklich ein Geist gestohlen?

Axel lag mit schlechtem Gewissen im Bett und machte sich Sorgen, weil Herr Freimann so sauer war. Bei allen anderen schwirrten viele Fragezeichen im Kopf herum.

Überraschung im Hafen

„Was für eine Hitze!“ Cecilia Freimann öffnete gekonnt einen schwarz-rosa Fächer und verschaffte sich Kühlung. Zu einem riesigen orangeroten Strohhut trug sie ein enges grasgrünes Kostüm mit einem kirschroten Gürtel und ebenso roten Schuhen.

„Das schlägt dem Mensch die Augen ein!“, stöhnte Dominik und setzte sich seine große Sonnenbrille auf.

An diesem Vormittag war nichts mehr davon zu spüren, dass es am Vortag geregnet hatte. Die karibische Sonne glühte wie gewohnt vom Himmel und ließ bereits um neun Uhr das Thermometer auf knapp dreißig Grad Celsius klettern.

Die *Queen Victoria* war bereits in den frühen

Morgenstunden in den Hafen der Insel St. Thomas eingelaufen. Die Knickerbocker-Bande stand auf dem höchsten Deck und blickte hinunter auf die Menschen, die wie Käfer aussahen.

„Hoffentlich langweilt ihr euch nicht“, meinte Frau Freimann bedauernd. „Aber ich muss unbedingt zum Hafen. Dort kann man zollfrei einkaufen, es ist also alles billiger. Nicht wahr, Darling?“ Sie kraulte ihren muffigen Ehemann mit dem Zeigefinger unter dem Kinn. Er grummelte etwas Unverständliches und starrte auf die braunen Hügel, die sich in einiger Entfernung erhoben.

„Dürfen wir einfach ein bisschen an Land herumgehen und uns die Beine vertreten?“, fragte Dominik.

„Ach, natürlich, mein kleiner Goldjunge!“ Auch Dominik kam in den Genuss des Streichelzeigefingers, ihn traf er aber am Ohrläppchen.

Ein sehr junger Steward trat neben die stattliche Frau Freimann. Er sah neben ihr schmächtig und klein aus.

„Ich soll Ihnen das übergeben“, sagte er mit einer höflichen Verneigung und streckte ihr einen Umschlag hin. Sie griff danach und riss ihn mit dem Streichelzeigefinger auf. Er enthielt einen Bogen des Briefpapiers, das in jeder Kabine auf dem Schreibtisch bereitlag. Frau Freimann überflog die Zeilen. Poppi stutzte. Warum sah Frau Freimann auf einmal so erschrocken aus. Sie klappte den Brief hastig zu und zerknüllte ihn.

„Wer schreibt dir, Cecilia?“, fragte ihr Mann stirnrunzelnd.

Ihre Mundwinkel zuckten verlegen, als sie antwortete. „Ach … es ist nur … wegen des Abendkleides, das ich habe reinigen lassen. Ich bekomme es erst übermorgen zurück.“

Herr Freimann gab sich mit der Antwort zufrieden, Poppi glaubte aber kein Wort.

Die Gangway war endlich an der richtigen Stelle und der Landgang konnte beginnen. Die ersten Passagiere schritten die lange Treppe hinunter.

„Es geht los!“, Frau Freimann stöckelte in Richtung Lift, weil der Ausstieg fünf Decks weiter unten war.

„Möchte wissen, was in dem Brief gestanden hat“, sagte Poppi leise zu Dominik. „Von der Reinigung war er bestimmt nicht.“

„Sicher?“

Poppi nickte. Dann fiel ihr aber etwas ein. „Die neue Videokamera, ich wollte sie doch ausprobieren. Ich hole sie und wir nehmen sie mit an Land.“

Von unten sah die *Queen Victoria* sehr beeindruckend aus. Dominik und Axel hatten die Köpfe weit nach hinten gelegt und hielten die Hand als Schirm gegen die Sonne über die Augen. Die Außenwand des Schiffes ragte vor ihnen auf wie die Fassade eines Hochhauses.

Im Hafen herrschte hektisches Treiben. Immer wieder fuhren Transporter vorbei, sie waren mit Koffern, Kisten und Säcken beladen. Praktisch alle Passagiere gingen an Land und drängten in die Richtung, in der die Geschäfte zu finden waren.

Axel und Dominik bestaunten eine Luke in der Schiffswand, die sich nur zwei Meter über dem Kai befand. Sie hatte die Größe eines Doppelgaragentores und aus ihr ragte, wie eine herausgestreckte lange Zunge, ein Förderband. Riesige Metallcontainer rumpelten darauf aus dem Bauch des Kreuzfahrtschiffes direkt auf die Ladefläche von Lastwagen. War einer voll beladen, fuhr er davon und der nächste Wagen nahm seinen Platz ein.

„Na, ihr vier?“ Neben den Knickerbockern stand auf einmal Bellinda Klang mit einem Klemmbrett in der Hand. Sie ließ den Blick über eine lange Reihe von Namen wandern. „Ihr seid nicht für die Inselrundfahrt eingetragen. Interessiert euch St. Thomas nicht?“

„Oh doch“, beeilte sich Dominik ihr zu versichern. „Aber unsere Gastgeber sind mehr am Einkaufen interessiert.“

Bellinda Klang lachte auf. „Man kann hier die teuersten Sachen aber auch wirklich sehr günstig einkaufen. Das muss ich schon sagen.“

Noch immer beobachtete Axel das Abladen der Container. Frau Klang bemerkte seinen faszinierten Blick und erklärte: „In solchen Behältern wird der Großteil an Nahrungsmitteln an Bord gebracht. In diesen Containern hier allerdings steckt der Müll, der an Bord anfällt. Um Gerüche zu vermeiden und vor allem keine Ratten an Bord zu locken, werden alle Abfälle durch Schächte in diese Behälter geleitet. Die Container werden automatisch, sobald sie voll sind, verschlossen und versiegelt und im nächsten Hafen ausgeladen. Von hier geht es dann weiter zu Müllhalden oder in Müllverbrennungsanlagen.“

Lilo war beeindruckt. „So ein Kreuzfahrtschiff ist wie eine schwimmende kleine Stadt.“

„Guter Vergleich!“ Die Chefstewardess winkte einem älteren Ehepaar, das gerade die Landungsbrücke herunterkam, und zeigte auf einen Autobus. „Bitte dort entlang und viel Vergnügen bei der Inselrundfahrt.“ Danach wandte sie sich wieder der Bande zu. „Was werdet ihr unternehmen?“

„Wir schlagen die Zeit hier im Hafen tot“, sagte Axel missmutig. Er hatte viel mehr Lust darauf, zu tauchen, zu schwimmen oder zu surfen. Einfach nur durch die Gegend zu latschen fand er langweilig.

„Wenn ihr der Kaimauer folgt, kommt ihr zur Anlegestelle der *Ulla O.* Das ist ein U-Boot für Touristen, mit dem ihr eine einstündige Tauchtour machen könnt. Es bringt euch zu den schönsten Korallenbänken, und an mehreren Stellen werden Fische gefüttert, manchmal auch Haie. So könnt ihr sie aus der Nähe beobachten.“

„Ist die Fahrt teuer?“, erkundigte sich Lilo.

Frau Klang nannte den Preis und Lilo verzog das Gesicht. So viel Geld hatten sie nicht.

„Kein Problem, ich borge euch den Betrag und mache das mit den Freimanns aus.“ Die Chefstewardess holte ein paar Dollarscheine aus ihrer Tasche und drückte sie Lilo in die Hand. „Taucht gut wieder auf.“

Axels Laune besserte sich schlagartig. Wie beschrieben fanden sie einen flachen Holzbau, auf dessen Dach eine Nachbildung des knallgelben Tauchbootes prangte. Bis zur Abfahrt in einer halben Stunde wurde ein Videofilm gezeigt.

„Kennst du dich damit aus?“ Poppi hielt Axel die

kleine Videokamera hin. „Die Bedienungsanleitung ist dick wie ein Roman und ich kapiere kein Wort.“ Fachmännisch begann Axel an den verschiedenen Knöpfen zu drücken, klappte einen Bildschirm auf und konnte nach einigen Fehlversuchen die ersten Aufnahmen machen. Ihn beeindruckte, wie klein und handlich die Kamera war. Eigentlich konnte man sie leicht in einer Tasche oder der Jacke verstecken und heimlich filmen.

Endlich war es dann so weit. Ein brummiger Mann mit narbigem Gesicht forderte die wartenden Touristen auf, ihm zu folgen. Die *Ulla O.* schaukelte an einem Holzsteg und ihr Gelb leuchtete hell in der Sonne. An der Oberseite war eine runde Luke aufgeklappt, durch die die Passagiere einzeln in das U-Boot klettern mussten. Dominik war der Erste der Bande, der hinabstieg. Ihm folgte Poppi und dann Lilo. Ein junges Pärchen, das einander ständig neckte, drängte sich vor Axel, und da dieser ohnehin noch mit der Videokamera beschäftigt war, protestierte er nicht.

„*Mary Blood*!“, hörte er das Mädchen sagen. „Steiler Name für ein Schiff.“

Axels Kopf schnellte in die Höhe. Er folgte dem Blick des Mädchens und sah das dreimastige Segelschiff, das Lilo und er von der Kommandobrücke aus beobachtet hatten. Vorne am Bug hing die blutrote Galionsfigur mit den Schlangen auf dem Kopf und glotzte in seine Richtung. Leute waren an Bord nicht zu sehen. Nur ein dicklicher Mann in einem ausgeleierten weißen T-Shirt und einer schmutzigen Hose machte sich am Tau zu schaffen, mit dem das Schiff an einem Boller festgebunden war. Es sah so aus, als würde es gleich ablegen.

Axel hatte es eilig, seinen Freunden zu zeigen, was er gerade entdeckt hatte. Diese waren wohl so auf das U-Boot fixiert gewesen, dass sie die *Mary Blood* übersehen hatten. Was aber, wenn die *Mary Blood* nach der Tauchfahrt schon fort war?

Der brummige Mann mit dem Narbengesicht bedeutete Axel, sich zu beeilen. Ein Blick auf die Luke genügte und Axel wusste, was er zu tun hatte. Stieg er dort hinunter, so würde er vor Ende der Fahrt nicht wieder herauskommen. Narbengesicht wirkte nicht wie jemand, der Verständnis dafür hatte, dass vier Passagiere gleich wieder aussteigen wollten. Am liebsten hätte Axel einfach durch die Luke gerufen und seine Freunde zurückgeholt. Der Mann begann aber auf Englisch mit ihm zu schimpfen und ihm klar zu machen, dass er jetzt entweder auf der Stelle einsteigen solle oder aber zurückbleiben würde.

Axel traf die Entscheidung in der gleichen Sekunde.

Im Inneren der *Ulla O.* kauerten Lilo, Dominik und Poppi nebeneinander auf einer langen Bank, die parallel zu den runden Bullaugen stand. Das Gedränge an Bord war groß und der Platz eng. Gespannt sahen die drei auf das Wasser hinaus und bestaunten die Sonnenstrahlen, die wie dünne Finger von oben kamen und einen Korallenstock beleuchteten, um den sich viele bunte Fische tummelten.

Mit einem dumpfen Knall wurde der Lukendeckel geschlossen und an der Innenseite ein Rad gedreht, das ihn festschraubte und gegen die dicke

Dichtung presste. Nach einer letzten Kontrolle ging ein Zittern durch das U-Boot, als der Motor angeworfen wurde, und die Tauchfahrt begann. Die *Ulla O.* steuerte aus dem Hafen und sank langsam in die Tiefe.

Erst nach einer Viertelstunde fragte Poppi die anderen, wo eigentlich Axel geblieben sei. Lilo sah über die Köpfe hinweg und wusste sofort, dass er nicht mit an Bord gekommen war.

VERLASSEN

Die *Mary Blood* sah aus wie eine Dampflokomotive zwischen Düsenjets. Sie lag im Yachthafen vor Anker, umgeben von den schmucken weißen Schiffen der Reichen und Superreichen, deren verspiegelte Glasscheiben in der Sonne silbern glänzten. Da und dort räkelten sich Mädchen in knappen Bikinis an Deck beim Sonnenbaden.

Die drei Masten der *Mary Blood* waren unterschiedlich lang. Die Segel waren eingeholt und eingerollt.

Das Holz war von Sonne und Salzwasser ausgebleicht und grau. Nur in den großen Buchstaben, die tief in das Heck eingeschnitzt waren, glänzte frische rote Farbe. Sie war dick aufgetragen worden und an mehreren Stellen heruntergelaufen.

Einige Male ging Axel die ganze Länge des Schiffes ab. Er zählte seine Schritte und kam auf sechzig. Die Vertauung knarrte und ächzte angestrengt, wenn die Wellen das Segelschiff leicht hoben oder senkten.

Unheimlich erschien Axel die Stille, die über dem Schiff lag. Der Mann in den fleckigen Klamotten war nicht mehr zu sehen und auch sonst zeigte sich niemand an Deck. An der Reling gab es eine Stelle, an der die Planken wie eine kleine Tür aufgeklappt werden konnten, um einen Landungssteg aufzulegen.

Natürlich fiel Axel der Funkspruch ein, den die *Queen Victoria* aufgefangen hatte. Ob der Geist die Passagiere der *Mary Blood* über Bord geworfen und dann selbst gefunkt hatte?

„Du hast sie ja nicht alle!", schimpfte Axel leise mit sich selbst. Trotzdem wollte er mehr über die Besatzung des Schiffes erfahren.

Warum jemand überhaupt die *Mary Blood* nachgebaut hatte? War sie so bekannt? Dominik, der immer ganze Stapel von Büchern über die Gegenden verschlang, in die die Knickerbocker-Bande reiste, hatte nichts über sie gelesen und war erst durch das seltsame Notizbuch auf sie aufmerksam geworden.

Axel blieb neben dem geflochtenen Seil am Bug stehen. Seine Augen wanderten daran entlang bis zu der ovalen Öffnung in der Bordwand, durch die es verschwand. Es wäre für ihn als guten Kletterer eine Kleinigkeit, sich daran hochzuhangeln und an Bord zu gelangen.

Prüfend blickte er nach allen Seiten. Er fühlte sich unbeobachtet. In der Nähe war jedenfalls niemand. Also war die Gelegenheit günstig.

Bevor er loskletterte, rief Axel noch zweimal Hallo und wartete, aber noch immer zeigte sich niemand. Dann fasste er nach dem rauen Tau und begann sich nach oben zu schwingen. Geschickt gelangte er an die Stelle, an der das Tau durch das Loch im Inneren des Schiffes verschwand. Er schwang ein Bein auf das Seil und zog sich nach oben, bis er rittlings darauf hockte. Dann bekam er den Rand der Reling zu fassen und schaffte es aufzustehen. Er schwang sich über die Bordwand und rollte an Deck über die Schulter ab.

Umgeben von dicken Taurollen und mehreren Fässern fand er sich wieder. Vor ihm lagen rissige Planken, die zu einem niedrigen Aufbau führten. Eine sanfte Brise strich über die Maste und säuselte durch die Takelage.

Viel war nicht an Bord zu entdecken. Alles wirkte

sauber, aber verwittert. An den Mittelmast gelehnt stand ein Schrubber. Einsam und verlassen.

Im Deck klaffte eine quadratische Luke. Von dort führte eine Holztreppe in das Unterdeck. Sehr vorsichtig richtete sich Axel auf und warf zuerst einen Blick in Richtung Hafen. Dort war noch immer niemand. Langsam und auf Zehenspitzen schlich er auf die Luke zu. Er sah hinunter, konnte aber nicht viel erkennen. Die Treppe endete in einem niedrigen Raum, der leer zu sein schien.

Die Aufzeichnungen von Edward Scissor fielen ihm wieder ein. Ob die *Mary Blood* nach Plänen des Originals gebaut worden war? Befand sich im Bug der Hohlraum, in dem sich Mister Scissor versteckt gehalten hatte?

Die Holzstufen gaben keinen Laut von sich, als Axel Schritt für Schritt nach unten stieg.

Die Luft unter Deck war stark aufgeheizt und staubig. Durch halbhohe Bretterwände waren kleine Kammern abgetrennt, in denen Matratzen lagen. Darauf türmten sich zerwühlte Decken und zerknautschte Kissen. Reisetaschen standen daneben und kurze Hosen, Hemden und T-Shirts lagen herum. Der Schlafraum machte einen bewohnten Eindruck.

Den Kleidungsstücken nach zu urteilen lebten

hier vor allem Männer. Wenn Frauen dabei waren, trugen sie Männerkleidung.

Axel wandte sich von den Schlafstellen ab und blickte in Richtung Bug. Das Licht, das durch die Luke fiel, verlor sich bald. Ganz vorne, wo die Steuerbord- und die Backbordwand zusammenliefen, war es pechschwarz. Trotzdem begann Axel darauf zuzugehen. Er hielt die Augen offen, damit sie sich an die Dunkelheit gewöhnten. Nach dem gleißenden Sonnenlicht würde das ein wenig dauern.

Er tastete sich an der Holzwand entlang. Plötzlich fühlte er etwas Kühles an seinem Bein. Im ersten Moment erschrak er, dann griff er mit den Händen danach. Es musste sich um eine längliche Tonne handeln.

Die Videokamera fiel ihm ein. Er trug sie schräg am Riemen über der Schulter. Sie besaß, wie er vorhin festgestellt hatte, eine Funktion, die auch Filmen in der Nacht möglich machte. Jeder noch so kleine Lichtstrahl wurde von der Elektronik verstärkt und das Kameraauge sah so gut wie eine Katze in der Dunkelheit.

Mit einigen Handgriffen hatte Axel die Kamera aufnahmebereit gemacht und richtete das Objektiv auf den Gegenstand. Der kleine Monitor zeigte eine riesige Tonne mit der Aufschrift SOS.

Bis zum Bug konnte es nicht mehr weit sein. Die Kamera noch immer vor sich haltend, drehte Axel sich langsam herum und ging weiter. Auf dem Bildschirm konnte er schemenhaft sehen, was sich vor und neben ihm befand. An einer Stelle kam von oben der Mastbaum durch das Deck, ein Stück weiter lagen ein paar gefüllte Säcke. Einer war aufgeplatzt und aus ihm rollten Kartoffeln.

Ein weiterer Schritt und Axel spürte auf einmal etwas über seine nackten Arme streifen. Er zuckte erschrocken zusammen, die Videokamera entglitt ihm. Um sie abzufangen, bückte er sich schnell. Dabei verwickelte er sich mit den Armen in einem Gewirr von Fäden. Von oben legte sich eine weiche Masse über seinen Kopf. Sie wurde schwerer und schwerer. Die Kamera war auf seinen Schuhspitzen gelandet, aber Axel konnte nicht danach greifen, weil ihn etwas am Bücken hinderte.

In der Dunkelheit verlor er die Orientierung und kippte zur Seite. Er landete weich und ihm wurde klar, was geschehen war: Er musste sich in einem aufgehängten Fischernetz verfangen haben. Obwohl es ihm nicht leicht fiel, blieb er ruhig liegen. Jede Bewegung würde es nur schlimmer machen und er würde sich noch stärker in den engen Maschen verfangen.

Sein Atem ging stoßweise und keuchend. An seinen Knöcheln spürte er Poppis Videokamera. Vom Bildschirm ging ein bläulicher Schimmer aus und spendete wenigstens ein bisschen Licht.

Über ihm knackten die Bretter des Schiffsbodens. Dort oben ging jemand mit langsamen Schritten.

Er hörte ein Geräusch, als wäre eine zweite Person an Deck gesprungen. Sie bewegte sich stampfend und mit entschlossenen Bewegungen.

Die Unbekannten näherten sich der Luke, durch die Axel eingestiegen war. Wahrscheinlich waren es die Leute, die mit der *Mary Blood* unterwegs waren. Was würde geschehen, wenn sie ihn hier unten entdeckten? Sollte er sich bemerkbar machen oder still verhalten?

Sehr gedämpft drangen Männerstimmen zu Axel durch. Es wurde einmal kurz gelacht. Sie redeten Deutsch und so konnte Axel ein paar Wortfetzen auffangen.

„… Teufel uns holt …“

„… Verdammte … glaubt Quatsch …“

„Höllenfahrt …“

„Abschied für immer …“

„… Klinik in Mexiko …“

„… klappt wirklich?“

Worüber redeten die Männer?

Wieder lachten die Unbekannten. Axel schätzte, dass es inzwischen drei oder vier waren. Gläser klirrten. Sie stießen wohl mit Getränken an.

„Auf Luke Luzifer!“, sagten sie im Chor. Dann erklang ein heiseres Lachen, das Axel nicht deuten konnte. Klang es spöttisch? Oder überheblich? Oder verlegen und unsicher?

Wer waren die Männer?

Einer sagte etwas, das klang, als wolle er unter Deck gehen. Axel schickte ein Stoßgebet zum Himmel, er möge sich verhört haben. Hektisch begann er mit den Beinen zu strampeln und versuchte, mit den Händen das Netz zu zerreißen. Er wusste, dass er sich dadurch nur noch mehr in dem ganzen Gewirr verfing. Doch in seiner Panik dachte er nicht daran.

Mit schweren Schritten polterte jemand die Holztreppe herunter. Lange konnte es nicht dauern, bis Axel bemerkt wurde.

Und dann?

TANZ MIT DEM TEUFEL

Aus den Lautsprechern in der Decke ertönte leise Musik, die eine romantische Atmosphäre an Bord der *Ulla O.* erzeugen sollte. Als das U-Boot an einer Stelle vorbeikam, an der drei Sandhaie ihre Runden drehten, wurde auf einmal die bekannte Melodie aus dem Film *Der weiße Hai* gespielt, die tief, drohend und gefährlich klang. Poppi bekam eine Gänsehaut.

Der Brummige mit dem Narbengesicht hockte auf einem winzigen Klappsitz neben einer schmalen Öffnung, durch die man zum Kapitän des U-Bootes sehen konnte. In der Hand hielt er ein Metallkästchen, das durch ein ganzes Bündel von Kabeln mit der Elektronik des U-Bootes verbunden war. Damit startete er die verschiedenen Musiknummern und gab in mehreren Sprachen Erklärungen über die sich zeigenden Meerestiere.

In riesigen Schwärmen tauchten vor den Bullaugen Korallenfische in leuchtenden Farben auf. Handtellergroße Fische mit metallisch glänzenden Körpern kamen sehr nahe und starrten mit ihren vorstehenden Augen die Leute im U-Boot an.

Poppi stieß Begeisterungsrufe aus. Die bunte Unterwasserwelt zog sie völlig in den Bann.

Lilo konnte sich nicht so richtig über das farbige Treiben freuen. „Wo ist Axel?“, fragte sie Dominik, der neben ihr saß. „Seine Alleingänge nerven und sind absolut daneben.“

„Du kennst ihn doch“, antwortete Dominik schulterzuckend.

„Dann soll er in Zukunft alles allein machen. Ich brauch das nicht!“ Lilos Unmut wuchs mit jeder Minute.

Die *Ulla O.* hatte eine Stelle erreicht, an der bereits ein Taucher wartete. Das Brummen des Motors wurde leiser und das Boot blieb im Wasser stehen. Der Taucher holte vom sandigen Boden ein langes Tier herauf, das an eine übergroße Raupe erinnerte. Danach brachte er verschiedene Muscheln und streute gelbliche Flocken aus, die sofort einen Schwarm gelb-schwarz gestreifter Fische anlockten.

Lilo rutschte unruhig auf dem Sitz herum.

„Alles okay?“, wollte Dominik wissen.

„Bin gleich zurück“, sagte sie und bedeutete ihm, dass alles in Ordnung war. Aufrecht stehen war im niedrigen U-Boot nicht möglich. Gebückt bewegte sich Lilo nach vorne zu dem Mann, der ihr beim Einsteigen ins Boot geholfen hatte. Er wirkte nicht sehr erfreut, als er Lilo auf sich zukommen sah.

„No Toilets on board“, sagte er gleich abwehrend. „Du hättest das vorher erledigen sollen.“

Lilo hockte sich neben ihn. „Es geht um meinen Freund. Mit einer roten Baseballkappe. Er war hinter uns, ist dann aber nicht eingestiegen.“

„Der hat es sich anders überlegt.“ Heftig zog der Mann die Nase hoch.

„Was heißt das?“

„Ist wieder gegangen. Wollte sich wohl lieber diesen verdammten Segler ansehen, diese *Mary Blood*.“

Der Name ließ Lilo elektrisiert zusammenzucken.

„Die *Mary Blood* ist hier?“

Ungehalten verzog der Mann das narbige Gesicht. „Du kennst das Schiff? Und diese Verrückten, die damit herumfahren?“

„Das Schiff schon, die ‚Verrückten‘ nicht. Wer sind die?“

„Drei Männer. Haben gestern Abend im *Happy Octopus* gefeiert. Das ist so eine Hafenkneipe, aber nicht für Touristen. Die haben sich vielleicht aufgeführt. Ständig ist einer auf den Tisch gesprungen und hat gesungen. Völlig lächerlich."

„Aber wer sind diese Männer? Und wieso fahren sie auf diesem Schiff herum?"

„Die *Mary Blood* hat der alte Rudolf gebaut. Das war so ein Spinner aus Europa. Hat alles verkauft, was er besaß, und ist zu uns auf die Insel gekommen. Er muss damals schon fast hundert gewesen sein. Hier hat er damit begonnen, Schiffe zu bauen. So alte Dinger. Hat sein ganzes Geld reingesteckt. Fertig geworden ist aber nur diese komische *Mary Blood*. Rudolf hat immer erzählt, das Original sei ein Schiff gewesen, das direkt in die Hölle gefahren sei. Da soll es einen Vorfall gegeben haben, der ihn sehr beschäftigt hat. Er wollte immer etwas herausfinden. Was weiß ich, was!"

Die Erklärung über das Auftauchen der *Mary Blood* war also ganz einfach und hatte nichts Geheimnisvolles. Es gab immer Leute, die verrückte Hobbys hatten.

„Hat dieser Rudolf das Schiff verkauft? Oder vermietet?", forschte Lilo noch ein wenig weiter.

„Er lebt nicht mehr. Diese *Mary Blood* war nur

einen Tag vor seinem Tod fertig geworden. Mausetot lag er an Deck. Soll ein Gesicht gemacht haben, als hätte er den Teufel persönlich gesehen." Der Mann blickte durch das Bullauge zum Taucher und drückte eine Taste auf dem Schaltkästchen. Aus den Lautsprechern kam wieder die sanfte Sprecherstimme und erklärte, dass es sich bei dem zappelnden Tier in den Händen des Tauchers um eine so genannte Seespinne handelte.

„Wie sind diese Männer zu dem Schiff gekommen?", bohrte Lilo weiter.

„Was weiß ich. Es lag eine Weile im Hafen und dann waren die Kerle auf einmal da und haben begonnen, damit herumzufahren."

Da war noch eine Frage, die Lilo loswerden musste. „Dieser Rudolf, meinen Sie, er ist … umgebracht worden?"

„Ach was!" Der Mann kratzte sich mit der Schulter am Ohr. „Ich hab dir doch gesagt, er war an die hundert. Da darf man schon mal das Zeitliche segnen. Und die Leute hier auf der Insel, die erzählen sich gerne solche Sachen, von wegen Teufel und so."

Aus dem winzigen Steuerraum beugte sich der U-Boot-Kapitän. Obwohl unter Wasser, trug er eine Sonnenbrille und schimpfte heftig auf seinen Kollegen ein.

„Du sollst auf deinen Platz zurück, es geht weiter!“ Narbengesicht scheuchte Lilo davon.

Sie hatte jetzt einiges erfahren, und sie wusste auch, wo Axel war. Was er wohl auf der *Mary Blood* entdeckte?

Durch die Maschen des Netzes sah Axel O-Beine die Treppe herunterkommen, die aus groß geblümten Shorts ragten. Das Hemd mit dem wilden bunten Zickzackmuster passte zu den Blumenshorts wie die berühmte Faust auf das Auge.

„Wo soll das liegen?“, rief der Mann nach oben und sah sich suchend bei den Matratzenlagern um. Er bewegte sich zappelig und zuckte ständig nervös mit den Schultern und dem Kopf.

„Ach lass mal!“ Ein zweiter kam herunter. Er war dickbäuchig und schnaufte bei jeder Bewegung. Auf dem Kopf trug er ein lilafarbenes Strohhütchen, das absolut lächerlich aussah. Was waren das wohl für Clowns?

Trotz seiner Angst, entdeckt zu werden, schaffte es Axel, die Videokamera mit den Schuhspitzen herumzudrehen. Sie war nun auf die Männer gerichtet und nahm weiter auf.

„Lex, ich halte das nicht aus. Ich schaffe so etwas nicht.“ Der Nervöse wischte sich mit den Händen über das Gesicht und gab Laute von sich, als würde er schluchzen.

„Ach Hebs, jetzt reiß dich zusammen. Wir haben einen Schwur geleistet, schon vergessen?“

Hebs lief auf und ab und ruderte hilflos mit den Armen.

„Einen Schwur, einen Schwur. Ihr habt mich da reingezogen und ich wollte doch gar nicht. Du weißt das, Lex, du weißt das.“

Der andere verlor die Geduld und packte Hebs von hinten an den Schultern. Sein Griff schmerzte, das war an Hebs’ Blick abzulesen. Lex schüttelte ihn und Hebs’ Kopf schlenkerte vor und zurück, als wäre er schlecht angenäht.

„Wir tanzen mit dem Teufel!“ Lex betonte jedes einzelne Wort. „Wir tanzen mit dem Teufel. So haben wir es verabredet. Wir fahren zur Hölle, aber alle zusammen. So haben wir es uns geschworen. Aber noch viel wahrscheinlicher landen wir in unserem Paradies, vergessen, hä?“

Er stieß Hebs von sich und wischte sich die Hände an der Hose ab.

Hebs war mit einem Schlag völlig verändert. Er stand da und atmete keuchend. Langsam drehte er sich um und grinste gezwungen. „Du musst das verstehen, ich habe schwache Nerven. Das liegt bei uns in der Familie. Deine sind besser eingebettet." Er deutete mit den Augen auf Lex' mächtigen Bauch.

Ohne beleidigt zu sein, lachte Lex kurz auf.

„Das Verbandszeug muss bei meinem Schlafsack liegen." Er wandte sich einer Liege zu, neben der sich leere Hüllen von Schokoriegeln türmten. „Ist ja da. Unter dem Mist." Er stieß Hebs darauf zu und dieser stolperte vorwärts. Zwischen dem Müll zog er ein grünes Plastikkästchen hervor. Beim Aufrichten stand er mit dem Gesicht genau in Axels Richtung. Axels und sein Blick trafen sich.

AXEL GEHT BADEN

Axel rollte sich ein wie ein Igel. Er tat es, ohne lange darüber nachzudenken, aus einem Instinkt heraus.

„Lex, da ist jemand."

Der Dicke war schon wieder dabei, sich die Stufen hinauf zu wuchten.

„Du bist ein Fall für die Klapsmühle, Hebs", stöhnte er und stapfte weiter nach oben.

Axel kam sich völlig lächerlich vor, aber er konnte nicht anders, als sie die Hände vor die Augen zu pressen. Er fühlte sich wie ein kleines Kind, das dachte, keiner könnte es sehen, wenn es selbst nichts sah.

„Und wenn sich jemand an Bord geschlichen hat? Und wenn uns jemand nachspioniert?", rief Hebs seinem Kumpel hinterher.

„Und wenn dein Gehirn verdorrt ist wie ein Apfel in der prallen Sonne? Komm besser rauf und trink was mit uns. Außerdem laufen wir in einer halben Stunde aus."

Hebs begann auf Axel zuzugehen. An der Stelle, an der dieser im Netz lag, war es sehr finster und Hebs' Augen waren noch zu stark an das grelle Sonnenlicht gewöhnt. Er versuchte durch zusammengekniffene Augen irgendetwas ausmachen zu können. Sah aber offensichtlich trotzdem nichts. Das Schleifen seiner Schuhe wurde lauter und lauter. Es war nur noch eine Frage weniger Schritte und er stand vor Axel.

Und dann? Was würde er dann machen? Es hatte sich angehört, als wären unerwünschte Besucher auf dem Schiff wirklich sehr, sehr unerwünscht. Obwohl Axel nicht verstand, worüber die Männer geredet hatten, spürte er, dass die Worte nicht für ihn bestimmt waren.

Oben an Deck grölte ein Dritter: „Hebs, Hebs, komm herauf, sonst kratz ich dir die Augen aus!" Und Lex rief: „Hebs, du kommst besser, sonst holt dich Rudi! Nicht wahr, Rudi?"

„Oh ja!" Der andere lachte hohl.

Der nervöse Mann blieb stehen, blickte nochmals um sich und keuchte unentschlossen. Schließlich gab er sich einen Ruck und kehrte zu den anderen nach oben zurück.

Kaum war er fort, stieß Axel erleichtert die Luft aus. Erst jetzt bemerkte er, wie lange er sie angehalten haben musste. Ihm war schwindlig.

An Deck wurde laut und falsch gesungen und es schepperte, als würde mit Blechdosen angestoßen werden.

Axel bewegte sich nun, so langsam er konnte. Er schaffte es, ohne sich noch schlimmer im Netz zu verfangen, sein Taschenmesser aus der Hose zu ziehen. Er klappte die lange Klinge auf und begann die Maschen zu durchschneiden.

„Leinen los, Männer!", hörte er von oben das Kommando.

Axel arbeitete schneller. Wenn das Schiff ablegte und er nicht rechtzeitig von Bord kam, gab es eine Katastrophe. Die Freimanns würden bestimmt die Polizei und natürlich seinen Vater verständigen. Ärger ohne Ende war vorprogrammiert. Außerdem hatte Axel nicht die geringste Lust, die Reise der *Mary Blood* mitzumachen. Zu oft waren die Worte Teufel und Hölle gefallen. Eine alte Nachbarin seiner Mutter sagte immer: Wenn man den Teufel ruft, darf man sich nicht wundern, wenn er kommt.

An Deck polterten schwere Gegenstände und etwas Raues schabte über das Holz der Bordwand. Es musste das Tau sein, das eingeholt wurde. Das bedeutete, ihm blieben nicht einmal mehr Minuten, um von Bord zu kommen.

„Damit verabschiedet sich die Crew der *Ulla O.* von Ihnen und hofft, die Expedition in die Wunderwelt der Tiefe hat Ihnen gefallen!“, säuselte die Stimme aus dem Lautsprecher. Narbengesicht entriegelte die Luke und mit einem metallischen Pling schlug sie draußen auf.

„Die Ersten zuerst“, befahl der Mann, was bedeutete, die Leute sollten nacheinander zur Leiter kommen, nach oben klettern und nicht aufspringen oder nach vorn drängen.

Die drei Knickerbocker saßen in der Mitte der langen Bank und rutschten ungeduldig voran, bis sie endlich an der Reihe waren. Als Lilo den Kopf in die Luft hinausstreckte, traf sie die Hitze wie ein dumpfer Schlag. Narbengesicht streckte ihr die Hand entgegen, um sie nach oben zu ziehen, aber sie schüttelte nur ablehnend den Kopf, balancierte über die schwankende Oberseite des U-Bootes und sprang an Land. Poppi und Dominik folgten ihr.

„Wo ist die *Mary Blood*?“, rief sie dem Mann zu, der aber zu sehr mit den Passagieren beschäftigt war, um ihr wirklich Antwort zu geben. Er deutete nur mit dem Kopf in die Richtung des Yachthafens.

Die drei Knickerbocker liefen los und Lilo sprang immer wieder in die Höhe und reckte den Hals. Sie sah die Aufbauten und Schornsteine der schneeweißen Yachten, aber kein Segelschiff.

„Dort ist sie, dort!“ Poppi zeigte zur Hafenausfahrt, wo ein Dreimaster auf das offene Meer hinausglitt. Nur ein Segel war gesetzt.

„Ist das die *Mary Blood*?“ Lilo war nicht sicher.

„Ja, das ist sie!“, sagte jemand hinter ihnen.

Ein nasser Axel hockte auf einem Stein in der Sonne und sah nicht sehr glücklich aus. Neben ihm lag die Videokamera in einer Pfütze. Poppi stürzte darauf zu und hob sie auf. Wasser rann aus dem Gerät und tropfte zu Boden.

„Spinnst du total? Wieso hast du sie ins Wasser geworfen?“

„Du wolltest schwimmen gehen und hattest keine Zeit mehr, deine Klamotten auszuziehen, oder?“ Dominik zog in gespielter Empörung die Augenbrauen hoch.

„Ihr nervt tierisch!“, brauste Axel auf. Mit spitzen Fingern zog er sich das klatschnasse T-Shirt von der Haut und stemmte sich mit der anderen Hand in die Höhe. Er hinkte leicht und hustete heftig.

Als er endlich an Deck gekommen war, hatte die *Mary Blood* bereits abgelegt. Die Männer waren mit dem Setzen der Segel, dem Steuern und dem Ziehen von Leinen und Tauen beschäftigt gewesen. Sie machten den Eindruck eines guten, eingespielten Teams.

Axel war eine einzige Fluchtmöglichkeit geblieben: Er war zu der offenen Stelle an der Bordwand gekrochen und hatte sich von dort an den Armen ins warme Meerwasser hinabgleiten lassen.

„Hast du was herausgefunden?", wollte Lilo sofort wissen.

„Ja, dass ich die dämlichsten Freunde der Welt habe!" Axels Laune verschlechterte sich von Sekunde zu Sekunde. Er war auf sich selbst wütend, weil er beim Sprung ins Wasser die Aufnahmen, die er gemacht hatte, zerstört hatte.

Das Kinn an die Brust gepresst, die Fäuste in die nassen Taschen seiner knielangen Shorts gebohrt, stapfte er voran in Richtung *Queen Victoria*. Er wollte sich etwas Trockenes anziehen und sich so viele bohrende Fragen der Freimanns ersparen.

„Wir lassen ihn am besten in Ruhe", sagte Lilo zu Poppi und Dominik, nachdem sie auf das Kreuzfahrtschiff zurückgekehrt waren. Noch immer

wollte Axel nicht mit ihnen sprechen und war sofort in der Kabine der vier verschwunden.

Die drei Freunde schlenderten über das Promenadendeck, unschlüssig, was sie mit dem angebrochenen Vormittag anfangen sollten.

„Ist das nicht dieser Professor?“, sagte Dominik.

Die Knickerbocker waren gerade um die Ecke auf den Teil des Decks gekommen, der dem Meer zugewandt war. Dort reihte sich Liegestuhl an Liegestuhl und normalerweise sonnten sich hier die Passagiere. Doch an diesem Tag war niemand an Deck, weil alle an Land waren.

Der Mann, den sie gestern beim Abendessen kennen gelernt hatten, stand ganz allein an der Reling, ein kleines Fernglas in den Händen, mit dem er aufs Meer hinausblickte. Lilo drehte den Kopf in die Richtung und erkannte gerade noch die drei kleinen Striche, die wohl die Masten der *Mary Blood* waren. Das Segelschiff würde in Kürze völlig aus dem Blickfeld verschwinden.

„Interessiert er sich auch für die Blutige Marie?“ Dominik schnalzte erstaunt mit der Zunge.

„Sieht so aus!“, zischte Lilo. Laut rief sie: „Hallo, Herr Professor!“

Der Mann fuhr erschrocken herum, als hätte Lilo ihn bei einer verbotenen Tätigkeit ertappt. Er war nicht sehr groß und seine Kleidung sah aus, als hätte sie schon sein Großvater getragen.

„Ach, die jungen Detektive“, grüßte er und zwinkerte den dreien zu. Ob sein Mund unter dem langen Schnurrbart lächelte, war nicht zu erkennen.

„Das ist das Schiff, von dem wir gestern erzählt haben, die *Mary Blood.* Aber das wissen Sie bestimmt selbst", sagte Lilo herausfordernd.

„Was willst du damit sagen, junge Dame?" Mit einem Schlag war der Blick des Professors sehr ernst, fast streng. Lilo schrak zurück.

„Gar nichts. Ich meine nur, bestimmt ist Ihr Fernglas gut und Sie haben es erkannt."

„Aha!" Professor Lessner machte nicht den Eindruck, als würde er Lilo glauben.

Poppi stellte sich neben den Mann und schenkte ihm ein Engelslächeln. „Sind Sie auch an Bord geblieben? Keine Lust auf einkaufen oder im Bus hocken?"

„So ist es, Kindchen. Meine Beine sind nicht mehr die besten und ich spare meine Kraft für die nächste Insel auf, die mich mehr interessiert."

Lilo und Dominik gesellten sich zum Professor und lehnten sich links und rechts von ihm auf das polierte Holzgeländer.

Eine kleine Pause trat ein.

„Die Kunde über diesen Luke Luzifer und die *Mary Blood* hat schon die Runde an Bord gemacht", begann der Professor und blickte auf See hinaus. Genüsslich zog er den Geruch des Salzwassers ein und wackelte mit der Nase.

„Sie glauben uns auch nicht, was?“ Lilo sah ihn von der Seite an.

Ohne sich zu ihr zu drehen, sagte Professor Lessner: „Es ist immer faszinierend zu sehen, welch hohe Wellen das menschliche Denken schlägt, sobald eine unerklärliche, außergewöhnliche oder bedrohende Erfahrung gemacht wird.“

„Wie bitte?“ Poppi schnitt eine ratlose Grimasse.

„Sie meinen, wir haben das alles nur erfunden!“, warf Dominik entrüstet ein.

Der Professor winkte mit dem ausgestreckten Zeigefinger ab. „Das habe ich so nicht gesagt.“

„Was damals wohl wirklich an Bord der echten *Mary Blood* geschehen ist? Wohin Luke Luzifer und seine Mannschaft verschwunden sind?“, überlegte Lieselotte. Eigentlich stellte sie sich die Fragen selbst, aber Professor Lessner fühlte sich angesprochen.

„Ich habe an der Universität einen Kollegen, der einige Arbeiten über das Piratentum verfasst hat. Ich könnte ja mal versuchen herauszubekommen, ob er etwas darüber weiß.“

„In der Bibliothek steht ein Computer. Schicken Sie ihm eine E-Mail“, schlug Dominik begeistert vor.

„E-Mail?“ Der Professor sprach das Wort aus, als handle es sich um etwas Außerirdisches. „Ich schreibe seit jeher nur mit der Hand und verwende dazu ausschließlich einen Füller aus dem Jahre 1952. Auf dem Postweg würde es aber wohl zu lange dauern, deshalb werde ich die Nachricht elektronisch übermitteln lassen, per Fax."

„Was für ein Glück, dass er keine Brieftauben benutzt!", machte sich Lilo leise lustig.

Der Wind fuhr in die langen grauen Haare des Professors und stellte sie auf. „Ich bin ein Mann mit Prinzipien, junge Dame. Deine Generation weiß das nicht zu schätzen, aber ich fühle mich so am wohlsten."

Er tippte mit dem Zeigefinger an seine Schläfe, als wolle er salutieren und schritt davon, die Arme auf dem Rücken verschränkt.

Lilo sah ihm hinterher und meinte: „Ganz geheuer ist mir der nicht."

HALT DIE KLAPPE, KRÖTE!

Cecilia Freimann erschien mit einer riesigen Sonnenbrille vor den Augen zum Mittagessen.

„Es ist die Migräne“, sagte sie klagend. „Der Schmerz ist unerträglich.“

Neben ihr stand völlig ungerührt ihr Mann.

„Ich bringe keinen Bissen runter. Am besten wird sein, ich lege mich ins Bett. Meine Zuckerstücke“, sie tappte mit der Hand in Richtung der Knickerbocker-Bande, als wäre sie auf einmal blind, „geht doch auch in eure Kabine und lasst euch etwas zu essen kommen.“

Das erleichterte Aufatmen von Herrn Freimann war nicht zu überhören. Er hatte wahrscheinlich gefürchtet, gemeinsam mit den vieren allein an einem Tisch sitzen zu müssen.

Ein Bursche in weißer Uniform trat neben Frau Freimann und verbeugte sich steif.

„Miss, ich soll Ihnen das hier übergeben." Er streckte ihr einen länglichen Umschlag hin. Frau Freimann zuckte zurück und hob abwehrend die Hände.

„Geben Sie ihn zurück."

„Das ist nicht möglich. Ich kenne die Person nicht, die ihn abgegeben hat."

„Was ist mit dem Brief?", mischte sich Lilo ein.

Wie eine Wildkatze fauchte Frau Freimann sie an: „Das geht dich nichts an. Du musst aber auch überall deine Nase hineinstecken." Zu dem Boten sagte sie: „Vernichten Sie das Schreiben. Anonyme Briefe nehme ich nicht an."

Mit großer Geste warf sie ein Ende des dünnen Schals, den sie um den Hals geschlungen hatte, über die Schulter und stöckelte, die breiten Hüften schwingend, davon. Herr Freimann riss dem ratlosen Burschen den Umschlag aus der Hand, zerriss ihn zweimal und folgte seiner Frau. Im Gehen ließ er die Schnipsel in einen der Aschenbecher fallen, die an jeder Ecke aufgestellt waren.

„Puzzlezeit", sagte Lilo und lief sofort los, um die Teile wieder aus der hohen Säule zu fischen.

Die vier Freunde hielten in ihrer Kabine ein Teppichpicknick ab. Sie hatten sich Hamburger kommen lassen (für Poppi natürlich die vegetarische Ausgabe) und tranken dazu Cola. Das Essen machte ihnen so viel mehr Spaß als im steifen Speisesaal.

Während Lieselotte die Teile des Briefes zusammensetzte, berichtete Axel von seinen Erlebnissen und Erfahrungen an Bord der *Mary Blood*.

„Dich interessiert das alles wohl nicht", fuhr er Lilo an, die sich konzentriert über die Papierschnipsel beugte.

„Irrtum, ich höre dir genau zu. Aber ich kann drei Sachen gleichzeitig machen: zuhören, puzzeln und essen.“

Noch immer hatte Axel schlechte Laune und schnitt Lilo deshalb eine Grimasse.

Dominik hatte einen Block aus seiner Tasche gekramt und machte sich einige Notizen. „Was diese Männer gesagt haben, muss festgehalten werden“, erklärte er.

„Kann der Teufel wirklich zuschlagen und den Männern das Gleiche antun wie Luke Luzifer und den Piraten?“ Poppi sprach ganz leise, weil ihr die Frage ein bisschen komisch vorkam und sie nicht ausgelacht werden wollte.

Lilo biss in ihren Hamburger und kaute, während sie nachdachte.

„Es gibt Leute, die machen alles, was Nervenkitzel erzeugt. Ich habe mal von Typen gehört, die rasen in Autos aufeinander zu. Wer als Erster ausweicht, verliert.“

Bissig meinte Axel: „Aha, und diese Männer fahren bestimmt mit der *Mary Blood* auf andere Schiffe zu und tun dasselbe. Was?“

Diesmal war Lilo an der Reihe, ihm eine Grimasse zu schneiden.

Dominik hatte auch noch eine Erklärung parat.

„Es gibt Leute, die das Böse und vor allem den Teufel verehren. Vielleicht sind diese Männer von einer Sekte."

Axel schüttelte sehr heftig den Kopf. „So haben die nicht ausgesehen. Überhaupt waren die alle ziemlich weiß im Gesicht. Also wenn sie schon länger hier herumfahren würden, dann hätten sie eine bedeutend bessere Farbe."

„Wie haben sie auf dich gewirkt?", fragte Lilo nach.

„Wie eine Gruppe von Klassenkameraden. Ich meine, von erwachsenen Klassenkameraden. Mein Vater hat vor ein paar Monaten bei sich daheim ein Klassentreffen veranstaltet. Da kamen viele seiner früheren Kumpels. Vor fünfundzwanzig Jahren haben die Abitur gemacht, und ständig haben sie über die Schulzeit geredet und gelacht."

Lilo schob die letzten beiden Papierstücke herum und hatte sie endlich richtig angeordnet.

„Für mich klingt das nach übermütigen Männern, die sich aufführen wie kleine Jungs und einmal so richtig auf den Putz hauen wollen." Sie deutete auf den Brief, den Cecilia Freimann nicht hatte annehmen wollen. „Und mit unserer lieben Gastgeberin meint es jemand hier gar nicht gut. Lest mal!"

Drei Köpfe streckten sich in Richtung des Briefes.

Leise las Poppi, was in großen, glatten Buchstaben dastand. Der Brief war auf einem Computer geschrieben und ausgedruckt worden, und die Schrift eine der allgemein üblichen.

„,Halt die Klappe, du Kröte. Ich weiß vieles über dich, das keiner erfahren soll. Ein Ton von dir und ich singe.'"

„Hä?" Axel nahm seine Kappe vom Kopf und fuhr sich mit der Hand durch die Haare.

„Die gute Frau Freimann scheint etwas zu verbergen zu haben", kombinierte Lilo. Sie lehnte sich zurück und knabberte an ein paar Pommes. „Wer hätte das gedacht!"

Auch am Abend blieb Cecilia Freimann in der großen Kabine, die sie mit ihrem Gemahl bewohnte. Er behauptete ebenfalls, keine Lust auf Abendessen zu haben, und trug der Bande auf, sich wieder Essen in die Kabine bringen zu lassen. Später sah Dominik ihn aber in Richtung Speisesaal gehen. Vielleicht täuschte er sich, doch für ihn sah es aus, als würde Herr Freimann viel beschwingter unterwegs sein als gewöhnlich.

Die Bande verbrachte den Abend im Kino, das sich auf dem untersten Deck des Schiffes befand. Es gab einen Film, den Axel spitzenmäßig, Lilo ganz gut, Dominik niveaulos und Poppi einfach nur brutal fand. Die Geschichte spielte in der Zukunft und handelte von eingefrorenen Menschen, die aufgetaut wurden und zu neuem Leben erwachten. Einige von ihnen waren Roboter mit der Mission, die Erde zu zerstören.

Außer den vier Freunden war niemand in dem gemütlichen kleinen Saal. Sie lehnten bequem in den gepolsterten Sitzen und spürten unter sich das Stampfen der Motoren. Der Ton des Films war laut eingestellt, um das Geräusch der Maschinen zu übertönen.

Nach der Vorstellung naschten sie noch die Reste des Popcorns, das sie in großen Bechern bekommen hatten, bevor sie auf den Gang hinaustraten. Axel bewegte sich so ruckartig wie die Robotor in dem Film, und die anderen lachten.

Während sie auf den Lift warteten, ging am Ende des Ganges eine Tür auf. „Kein Zutritt“ stand auf einem großen Schild. Zwei Hilfskräfte in blauen Overalls traten heraus und schleppten Kisten mit Gemüse und Obst. Hinter ihnen sahen die Knickerbocker einen Lagerraum, in dem sich Container und andere Fracht stapelten. Der Lärm der Motoren war hier nicht abgedämpft und dröhnte laut.

Die Tür fiel hinter den Männern zu. Dominik

machte die anderen darauf aufmerksam, dass es weder Klinke noch Türknauf gab.

Axel deutete auf eine erhabene dunkle Fläche neben der Tür. „Geöffnet wird hier mit einem Chip. Den hält man dort an den Sensor und schon geht die Tür auf."

Vielleicht hatte einer der Matrosen ihn verstanden. Er ging nämlich zurück und holte eine kleine runde Scheibe aus der Hosentasche, die an einem kurzen Kettchen befestigt war. Als er sie nur in die Nähe des Sensors brachte, klickte es. Doch ehe die vier noch einen zweiten Blick in den Lagerraum werfen konnten, fuhr die Lifttür auseinander und sie mussten die Fahrstuhlkabine betreten. Schnell wurden sie viele Decks nach oben befördert und konnten bequem zu ihrer Kabine zurückkehren.

HÖLLENSCHLUND AUF HOHER SEE

Poppi bemerkte als Erste, dass etwas anders war. Sie wachte mitten in der Nacht auf und fühlte sich unwohl. Unruhig wälzte sie sich im Bett herum, dann legte sie sich auf den Rücken und starrte auf die Unterseite des Bettes über ihr, in dem ihre Freundin schlief.

Auf einmal hatte sie das Gefühl, jemand sei im Zimmer. Sie wagte es aber nicht, sich aufzurichten. Deshalb starrte sie nur angestrengt in die Dunkelheit und hielt die Luft an.

Durch die Fenster in der gegenüberliegenden Wand fiel ein sehr schwacher Lichtschimmer. Er kam wahrscheinlich von der Außenbeleuchtung des Decks über ihnen. Zwei blasse Rechtecke wurden vom Licht auf den Teppichboden geworfen.

Ihr Herz schlug sehr heftig und schließlich hielt Poppi es nicht länger aus und atmete wieder tief ein.

Im Bett, das am Kopfende anschloss, lag Dominik und schnarchte – wie üblich. Über ihm redete Axel leise im Schlaf. Es hörte sich nach einem wilden Streit an, aber um was es ging, konnte Poppi nicht verstehen.

Nein, im Zimmer war niemand außer ihren Freunden. Trotzdem störte sie etwas. Was konnte es nur sein?

Sie nahm allen Mut zusammen und schlug die Decke zurück. In ihrem langen Nachthemd tappte sie barfuß ans Fenster und blickte auf das Meer hinaus. In der Nacht sah es aus, als sei das Wasser tiefschwarz.

Der Lichtschein stammte nicht von der Schiffsbeleuchtung.

„Wacht auf, wacht auf!“, rief Poppi laut. „Das müsst ihr euch ansehen. Kommt, aufwachen!“

Axel schleuderte unfreundlich schnaubend ein Kissen in ihre Richtung und Dominik grunzte, wurde aber nicht wach. Die Einzige, die sich aufrichtete und die Augen rieb, war Lilo.

„Was’n?“, brummte sie verschlafen.

Poppi winkte ungeduldig. „Komm schon, die *Mary Blood*, das ist die *Mary Blood*. Ganz sicher.“

Der Name wirkte Wunder: Alle Mitglieder der Knickerbocker-Bande stürzten aus dem Bett zu Poppi.

Von oben strahlten starke Scheinwerfer auf das Wasser herab. In den Lichtkreisen trieb das hölzerne Segelschiff. Die Masten ragten nackt gegen den Himmel, die Segel waren eingeholt.

Außen surrte etwas und ein Schatten glitt über die Scheibe.

„Sie lassen ein Rettungsboot zu Wasser“, sagte Dominik heiser.

„Wir stehen. Die *Queen Victoria* fährt nicht mehr!“, fiel Axel auf.

„Anziehen und an Deck!“, kommandierte Lilo und griff nach den Sachen, die sie am Abend auf einen Stuhl geworfen hatte.

Die vier Freunde sprangen in ihre Kleidung und versuchten alle gleichzeitig durch die Tür zu kommen. Während sie noch ihre Hosen zuknöpften, liefen sie bereits den Gang hinunter zur Treppe.

„Bootsdeck!“, rief Axel im Laufen. „Von dort wird das Boot zu Wasser gelassen. Dort ist bestimmt jemand.“

Sie mussten ein Deck hinunter und traten in die warme Nacht hinaus. Über ihnen glühten große Scheinwerfer wie künstliche Sonnen. Richtung Heck hatten sich einige Leute der Besatzung versammelt und zwei der gebogenen Halterungen, an denen die Rettungsboote aufgehängt waren, waren leer.

Unter den Menschen, von denen die meisten auch aus dem Schlaf gerissen worden waren, entdeckte Lilo den Kapitän. Auch in diesem Augenblick bewahrte er seine steife Haltung und machte den Eindruck, völlig Herr der Lage zu sein.

Das Rettungsboot schaukelte an vier Stahlseilen. Drei Matrosen streckten Holzruder in Richtung der Bordwand, damit das Boot nicht dagegenschlug.

„Langsamer, Männer, langsamer!“, warnte der Kapitän. „Holt es noch einmal hoch, es schwingt zu stark.“

Ein Matrose stand an einem kleinen Schaltkästchen mit nur einem Steuerknüppel und nickte. Er drückte den Knüppel nach vorn, worauf sich ein Motor quietschend in Gang setzte und das Rettungsboot wieder nach oben zog.

Axel und Dominik standen über die Reling gebeugt und versuchten etwas an Bord der *Mary Blood* zu erkennen. Aber das Schiff wirkte völlig verlassen.

„Das Schicksal hat sich wiederholt. Es muss ein Fluch sein“, sagte Dominik mit düsterer Stimme.

„Quatsch, Fluch. So etwas gibt es nicht.“

Lilo sah Bellinda Klang in der Nähe des Kapitäns stehen und drängte sich zu ihr durch.

„Was ist geschehen?", wollte sie von ihr wissen.

Die Chefstewardess musterte Lilo von der Seite, als müsse sie erst entscheiden, ob sie überhaupt etwas sagen dürfe.

„Ach, du bist es!" Sie lächelte kurz und ihr Blick wanderte unruhig vom Rettungsboot hinunter zur *Mary Blood* und wieder zurück zu Lilo. „Ich weiß nicht, ob ich Auskunft geben darf."

„Wir wissen doch sowieso einiges über die *Mary Blood*, über die richtige, meine ich. Und Axel war heute sogar an Bord. Im Hafen von St. Thomas. Er ist raufgeklettert."

Frau Klang verschlug es die Sprache. Sie brauchte einen Moment, um sich zu fassen. „Er ist was?"

Lilo winkte Axel mit beiden Armen zu sich. „Er war an Bord. Er hat dort drei Männer gesehen. Aber das soll er selbst erzählen."

Das Rettungsboot war wieder auf seinem Platz und schwang nicht mehr. Der Kapitän erteilte den Matrosen Anweisungen, die aber im allgemeinen Trubel untergingen.

„Axel muss mit, wenn das Boot zur *Mary Blood* fährt. Er kennt sich aus. Es ist doch etwas passiert?", bestürmte Lilo die Chefstewardess.

Noch immer zögerte Frau Klang und schien mit sich zu kämpfen. Schließlich überwand sie sich aber.

„Es hat vor zwei Stunden wieder einen Notruf gegeben. Und wieder hat jemand von der *Mary Blood* gemeldet, es gäbe eine übernatürliche Erscheinung an Bord. Das Meer täte sich angeblich vor ihnen auf wie ein Höllenschlund und eine Macht versuchte, sie dort hinunterzustoßen."

Dominik war dazugekommen und hörte mit weit aufgerissenen Augen zu.

„Danach brach der Funkkontakt ab. Aber die *Mary Blood* erschien auf dem Radarschirm und lag genau in unserer Richtung. Der Kapitän ließ die Fahrt stoppen. Er versuchte wieder per Funk mit der *Mary Blood* Kontakt aufzunehmen. Vergeblich. Daher sollen jetzt drei Matrosen an Bord gehen."

„Ich will mit!" Axel drängte sich zu der Stelle vor, von der aus man auf das Rettungsboot klettern konnte.

„Was willst du hier?" Der Kapitän schien wenig erfreut, ihn zu sehen.

Lilo kam ihrem Freund zu Hilfe und erklärte dem Kapitän, warum Axel nützlich sein könnte.

„Kommt nicht in Frage", lehnte der Kapitän ab.

„Bitte. Ich begleite Axel. Dann tut er bestimmt nichts Unüberlegtes."

„Nein."

Bellinda Klang unterstützte die beiden Knickerbocker. „Käpten, die Beobachtungen, die diese Kinder in den vergangenen Tagen gemacht haben, könnten uns aber helfen. Es handelt sich hier ohne Zweifel um ein Vorkommnis, wie es keiner von uns jemals erlebt hat."

Erst nach langem Überlegen war der Kapitän einverstanden, verlangte aber, dass auch Frau Klang das Rettungsboot bestieg und die Verantwortung für Lilo und Axel übernahm.

Schließlich waren alle an Bord des Ruderbootes, das im Notfall Platz für fünfzig Passagiere bot. Dominik und Poppi blieben auf dem Bootsdeck zurück und verfolgten von dort, wie das Boot nach unten gelassen wurde und die Seile ausgeklinkt wurden.

Ein Offizier erschien beim Kapitän und meldete einen Alarm im Laderaum. „Eine Ladeluke wird als offen gemeldet."

„Und? Haben Sie nicht sofort nachgesehen?" Der sonst so kühle Kapitän verlor zum ersten Mal die Beherrschung.

Der Offizier schlug die Absätze zusammen und stand steif und gerade. „Doch, Sir, haben wir veranlasst. Die Luke ist vorschriftsmäßig geschlossen."

„Dann war es ein Fehler in der Elektronik. Vergessen Sie es, wir haben andere Probleme."

Das Rettungsboot besaß keinen Außenbordmotor, sondern die Matrosen mussten paddeln. Mit gleichmäßigen Schlägen klatschten die Ruder ins Wasser und das Boot kam immer näher an die verlassene *Mary Blood* heran.

Aber war sie überhaupt verlassen?

Das Segelschiff wurde von leichten Wellen sanft gehoben und wieder gesenkt. Ein leises Knarren schallte über das Wasser und die Taue ächzten angestrengt.

Das Licht der Scheinwerfer ließ die Kanten und Enden der *Mary Blood* scharf und spitz erscheinen. Manche Teile leuchteten fast weiß, andere wurden vom Schwarz des Schattens ausgelöscht.

Lilo und Axel klammerten sich an der harten Sitzbank des Ruderbootes fest. Die *Mary Blood* erschien geisterhaft und verwunschen. Und noch immer hatte sich niemand an Deck gezeigt.

Bellinda Klang, die normalerweise auch noch ruhig blieb, wenn drei Passagiere gleichzeitig auf sie einredeten, sich beschwerten und schimpften, spielte nervös mit den Fingern.

„Es kann doch nicht sein, es ist einfach nicht wirklich möglich …"

„Was?“ Lilo ließ das Segelschiff keine Sekunde aus den Augen.

„Dieser Fluch … diese seltsamen Vorfälle an Bord der echten *Mary Blood*, von denen ihr erzählt habt, sie können sich doch nicht wiederholen. Nicht auf einem Nachbau. Oder doch?“

„Wir werden es bestimmt gleich wissen“, meinte Axel, denn das Ruderboot hatte den Schiffsrumpf erreicht. Über ihnen hing die blutrote Galionsfigur und glotzte in die Nacht hinaus. Vom Kopf spähten die Schlangenköpfe und in den Augen der Fratze ließ das Scheinwerferlicht die eingesetzten grünen Glassteine blitzen.

In der rechten Hand hielt die Figur einen Dreizack. Aufgespießt auf ihn war das kleine Strohhütchen, das am Vortag der dicke Mann getragen hatte. Ein Matrose stellte sich auf und griff danach. Als er den Hut herunterziehen wollte, brach die Hand der Galionsfigur samt Speer ab und fiel ins Ruderboot.

Alle Insassen beugten sich erschrocken nach hinten, als könnte das Holz in Flammen aufgehen.

Die geschnitzte Hand streckte langsam die Finger aus, um danach wieder fester den Stiel des Speers zu packen.

DER GERUCH DES BÖSEN

War die Figur zum Leben erwacht?

Konnte das sein?

Lilos Augen brannten und tränten. Sie zwinkerte ein paarmal und betrachtete die abgebrochene Hand erneut.

Starr und kalt lag sie auf dem Boden des Bootes. Es war nur Einbildung gewesen. Wahrscheinlich waren ihre Augen müde vom angestrengten Schauen. Außerdem wurde Lilo erst jetzt bewusst, wie spät es war. Die Leuchtzeiger von Axels Armbanduhr standen auf halb drei Uhr morgens.

Die Matrosen lenkten das Ruderboot genau an die Stelle des Schiffes, an der Axel im Hafen über das Tau an Bord geklettert war. Es gab jetzt zwar kein gespanntes Seil, die Öffnung in der Bordwand war aber noch da. Einer der Männer hatte eine Stange mit einem Stahlhaken am Ende in der Hand und benutzte das Gerät wie früher die Piraten ihre Enterhaken. Er schob ihn durch den Schlitz für die Taue und konnte nun ihr Boot an die *Mary Blood* heranziehen.

Ein zweiter, sehr junger Matrose wirbelte einen überdimensionalen Widerhaken durch die Luft, der an ein Seil geknotet war, und schleuderte ihn über die Reling. Dort verfing er sich und der Matrose konnte am Seil hochklettern.

Axel wollte als Zweiter hinterher. Einen Augenblick sah es aus, als würde Frau Klang ihn zurückhalten, doch dann nickte sie zustimmend.

Geschickt und flink hangelte sich Axel hinauf und ließ sich auf das Deck fallen.

Die Segelmaste und die Takelage warfen ein verwirrendes Muster von Schatten auf die Bretter. Auf den ersten Blick erkannte Axel gar nichts.

Vor ihm stand der junge Matrose und rief immer wieder: „Hallo? Hallo? Melden Sie sich! Geben Sie ein Zeichen!“

Zu hören war aber nur das Schlagen der Wellen und das Ächzen und Knarzen der vielen Seile.

Gebückt und lauernd stand der Matrose da, den Kopf zwischen die Schultern gezogen. Nervös fuhr er sich immer wieder durch die kurzen rotblonden Haare.

Trotz des überstürzten Aufbruchs aus der Kabine hatte Axel seine Taschenlampe eingesteckt. Es war ein kleines Gerät, das dünn wie ein Kugelschreiber war, aber dennoch hohe Leuchtkraft hatte. Er drehte am vorderen Ende und ein langer Lichtstrahl durchschnitt die Nacht.

Auch Lilo war mittlerweile an Bord geklettert und hielt sich dicht hinter Axel.

„Wo könnten sie sein?", fragte sie ihn, und er spürte die Wärme ihres Atems am Ohr.

„Unten? Dort sind die Schlafstellen." Gebückt setzten sie Fuß vor Fuß, ihre Augen wanderten dabei wachsam nach links und rechts.

„Ist das Schiff anders als gestern?", wollte Lilo wissen.

Axel schnupperte mehrere Male. „Riechst du das?"

In der Luft lag der Gestank von faulen Eiern. „Schwefel. Das ist Schwefel", fiel Lilo ein. Wurde der Teufel nicht oft mit diesem Gestank in Verbindung gebracht?

Noch etwas lag in der Luft: der Geruch nach fauligem Fleisch. Axels Magen bäumte sich auf und er musste sein T-Shirt über die Nase ziehen.

Die Luke zum Unterdeck war offen und die Stufen der Treppe sauber. Zuerst leuchtete Axel in die Tiefe, dann stieg er hinab. Er war sehr froh, Lilo an seiner Seite zu haben.

Auf den ersten Blick wirkten die Schlafstellen so zerwühlt, wie Axel sie am Vortag vorgefunden hatte. Erst bei genauem Hinsehen erkannten die Knickerbocker etwas Grässliches: Über die Laken und Matratzen zogen sich mehrere Schnitte, die aussahen, als stammten sie von einer riesigen Pfote mit messerscharfen langen Krallen. Die gleichen Kratzspuren waren auch im Boden.

Axel und Lilo standen auf der vorletzten Stufe und betrachteten fassungslos das Unterdeck.

Der Schwefelgestank war hier noch intensiver und raubte ihnen fast den Atem.

„Kein Blut", flüsterte Axel.

„Was?"

„Kein Blut. Nirgendwo eine Blutspur." Axels Stimme klang dumpf, weil er noch immer T-Shirt und Hand vor das Gesicht presste. Das Sprechen fiel ihm schwer. Die Kratzspuren und der Gestank lösten in ihm Angst aus.

Eine längliche Tasche lag vor ihm. Sie war in der Mitte durchgeschnitten und Shorts, abgegriffene Zeitschriften und ein Pass quollen daraus hervor.

Mit angehaltenem Atem huschte Lilo zur Tasche und schnappte sich den Ausweis. Sie schlug ihn auf.

Das Foto zeigte den Mann, dem das Strohhütchen gehörte. Sein Name war Norman Lex, er kam aus Hamburg und war neunundvierzig Jahre alt.

Hinter den beiden Knickerbockern knackte das Holz. Lilo schrie auf und fuhr herum. Axel packte ihren Arm mit beiden Händen und kam sich gleich darauf sehr lächerlich vor.

Es war nur der Matrose, der ihnen nachgelaufen war.

Das Entsetzen stand ihm ins Gesicht geschrieben.

„Was … was ist hier los?"

„Ist oben an Deck jemand? Einer der Männer?", fragte Lilo mit belegter Stimme.

Kopfschütteln. „Niemand. Nicht einmal eine Ratte."

„Hier unten auch nicht … wie es aussieht."

Davon musste sich der Matrose selbst überzeugen.

„Vorsicht … ein Netz … ein Fischernetz … dort hinten!", warnte Axel ihn.

Das Unterdeck bestand aus einem einzigen Raum, der sich vom Bug bis zum Heck zog. Aus eigener Erfahrung wusste Axel, wie niedrig die Decke war. Vor allem weiter vorne.

„Gibt es darunter noch was?" Mit der Schuhspitze tippte Lilo auf die breiten Bohlen des Bodens.

Axel zuckte mit den Schultern. „Weiß nicht. Vielleicht."

Die Stimmung, die unter Deck herrschte, wurde den beiden unerträglich. Sie fühlten sich wie in dunkelgrauem Nebel gefangen, der alle Kraft und

Fröhlichkeit aus ihnen sog. Eine kleine Kopfbewegung nach oben genügte, und Axel folgte Lilo nur zu gerne hinauf.

Die laue Nachtluft schmiegte sich an sie wie ein Seidentuch. Nachdem sie ein paar Schritte von der Bodenluke weg waren, wurde auch der Geruch erträglich.

„Was ist dort oben? Kommt zurück!" Bellinda Klang hörte sich beunruhigt an. Sie war auf dem Ruderboot zurückgeblieben.

„Gleich, wir sind gleich da!", rief Lilo.

Wie ein Geist tauchte der Matrose aus der dunklen Öffnung auf. Er zitterte am ganzen Körper. Seine Unterlippe bebte und sein Gesicht war wie aus Wachs.

„Sind sie doch unten? Tot?", flüsterte Lilo heiser.

Der Matrose wankte zur Reling und beugte sich hinüber. Er würgte, als müsse er sich übergeben, beruhigte sich dann aber wieder und rang nach Luft. Verlegen traten die Knickerbocker links und rechts neben ihn.

„Alles wieder in Ordnung?", erkundigte sich Axel.

„Der Gestank … das ist der Geruch des Bösen!" Obwohl der Matrose sich mehrfach räusperte, konnte er nur heiser krächzen. „Sonst ist nichts dort unten. Nichts. Absolut nichts. Kein Mensch mehr an Bord."

Schweigend kehrten die drei zu der Stelle zurück, an der sie an Bord geklettert waren. Lilo machte den Anfang, dann kam Axel und als Letzter der Matrose. Die Chefstewardess und die beiden anderen Männer bestürmten sie mit Fragen, aber sie konnten nicht sofort antworten. Sie wurden von schrecklichem Durst gequält, doch Wasser war keines im Boot.

„Zurück, rudert zurück!", befahl Bellinda Klang.

Mit jedem Schlag rückte die *Mary Blood* ein wenig weiter weg. Obwohl die Scheinwerfer der *Queen Victoria* sie noch immer in kaltes, weißes Licht tauchten, schien das Schwarz der Nacht immer mehr Besitz von ihr zu ergreifen. Die Knickerbocker konnten nicht anders, als ständig zu ihr zurückzublicken. Die Umrisse des Schiffes verschwammen. Obwohl Nebel in diesem Teil der Welt unbekannt war, machte es den Eindruck, als würde sich ein durchscheinender grauer Vorhang über das Segelschiff senken.

Sie hatten die *Queen Victoria* noch nicht ganz erreicht, als aus der Mitte der *Mary Blood* unter gigantischem Getöse eine Stichflamme schoss. Sie war grell grüngelb und wuchs himmelwärts. Die Segel fingen sofort Feuer und zerfielen in schwarze Fetzen. Mit rasender Geschwindigkeit leckten viele kleine Flammen am Deck entlang und entzündeten die Reling. Aus dem Bauch des Schiffes drang ein tiefes, grimmiges Grollen. Bretter brachen auseinandern und fielen ins Meer. Durch die entstandenen Schlitze fauchte Feuer wie aus dem Maul eines Drachen.

In weniger als drei Minuten war die nachgebaute *Mary Blood* abgebrannt und die verkohlten Trümmer sanken in die Tiefe.

Die Matrosen, die Chefstewardess und die beiden Knickerbocker bemerkten erst jetzt, dass sie einander an den Händen hielten. Wären sie nur ein wenig länger an Bord des Seglers geblieben, würden sie jetzt nicht mehr leben. Die Hitze des Feuers war auch über die große Distanz bis zu ihnen gedrungen und hatte ihnen in die Gesichter geschlagen. Der grelle Lichtschein hatte sie aussehen lassen wie Gespenster.

Sie standen noch immer unter Schock, als das Rettungsboot nach oben gezogen wurde.

FRAU FREIMANN HAT EIN GEHEIMNIS

Der Kapitän bestand darauf, Lilo und Axel auf die Krankenstation bringen zu lassen. Er befürchtete, die Dämpfe an Bord der *Mary Blood* oder der Schock könnten bei den beiden Schäden hinterlassen, für die er nicht verantwortlich sein wollte.

Dominik und Poppi begleiteten ihre Freunde natürlich, wurden aber von dem Schiffsarzt, einem ernsten Mann mit Halbmondbrille, wieder weggeschickt. Besuchszeit war erst am nächsten Tag nach elf Uhr.

Die Krankenstation war eindeutig schlimmer als jedes Krankenhaus: Der Raum war blütenweiß und staubfrei, von der Decke strahlten kleine grelle Lampen und selbst das Bettzeug war völlig neu und steif.

Doktor Ralf Feber hieß der Arzt, und er wirkte mindestens so verschlafen, wie die Knickerbocker-Bande gewesen war, als sie aus dem Schlaf gerissen wurde. Da die Krankenschwester noch nicht eingetroffen war, steckte er Lilo und Axel selbst ins Bett und reichte jedem einen Becher mit warmer Milch.

„Trinkt das, das tut euch gut." Er redete mit ihnen wie mit sehr kleinen Kindern, die einen schlechten Traum gehabt hatten.

Die Milch schmeckte nach Honig, hinterließ aber ein bitteres Gefühl auf der Zunge. Es dauerte nur Minuten, bis die beiden Knickerbocker tief eingeschlummert waren.

Es war später Vormittag, als sie wieder zu sich kamen. Zwischen den Betten stand eine rosige Krankenschwester mit einem weißen Häubchen und blau-weißer Tracht, die sofort über sie herfiel und bei ihnen Fieber maß und den Puls fühlte. In einem fort redete sie auf die beiden ein und stellte Fragen, wie: „Na, wie fühlen wir uns heute? Na, wie geht es uns heute? Na, haben wir heute Appetit? Na, müssen wir nicht mal aufs Töpfchen?"

Axel verdrehte die Augen und stöhnte gequält auf.

„Na, wann dürfen wir denn endlich hier raus?", fragte Lilo zurück.

Die Schwester spitzte beleidigt die Lippen. „Gefällt es uns hier nicht? Doktor Feber hat angeordnet, dass ihr mindestens bis morgen zur Beobachtung hier bleiben müsst."

Wieder stöhnte Axel.

Poppi und Dominik erschienen Punkt elf Uhr in der Krankenstation.

„Ihr dürft die Patienten nicht aufregen und höchstens ein halbes Stündchen bleiben", schärfte ihnen die Schwester ein. „Außerdem macht ja keine Schlieren auf den Boden. Die Sohlen eurer Sportschuhe sind dunkel, und wenn ihr beim Gehen die Beine nicht hebt, dann hinterlasst ihr so dunkle Striche auf dem schönen hellen Linoleumboden und die gehen nicht mehr so ohne weiteres weg."

Kaum war sie zur Tür raus, legten die beiden jüngeren Knickerbocker los. Sie hatten eine Menge zu berichten.

„Das ganze Schiff redet nur von der *Mary Blood* und dem Notizbuch, das ich gefunden habe." Dominik war stolz, im Nachhinein doch noch Recht bekommen zu haben. „Wir sind Stars. Auf dem Weg hierher sind wir mindestens zehnmal aufgehalten und gefragt worden, wie das gestern Nacht war."

Poppi musterte Lilo besorgt. Das Oberhaupt der Knickerbocker-Bande streckte sich im Bett und strich die Zöpfe nach hinten. Sie war noch immer sehr blass.

„Könnt ihr uns schon mehr erzählen?“, fragte Poppi vorsichtig.

Nur zu gerne wurden Axel und Lilo los, was sich in der Nacht ereignet hatte.

„Irgendeine Erklärung?“ Dominik sah Lilo herausfordernd an. Das Superhirn schüttelte bedauernd den Kopf. Sie war noch nicht lange genug wach und fühlte sich müde. Ziemlich sicher hatte der Arzt Axel und ihr ein Beruhigungsmittel in die Milch getan, das sie so tief hatte schlafen lassen.

Verlegen druckste Poppi herum und fragte schließlich: „Glaubt ihr an eine echte Höllenfahrt? Ich meine, kann der Teufel die Männer vielleicht wirklich geholt haben?“

„Nach zweihundertfünfzig Jahren wiederholt sich das Gleiche wie an Bord der echten *Mary Blood*“, murmelte Lilo vor sich hin. „Wenn wir wüssten, was damals passiert ist, könnte uns das auch in diesem Fall weiterbringen.“

„Vielleicht hat der Professor etwas herausgefunden“, fiel Dominik ein. Poppi und er wollten ihn suchen. Die beiden konnten ohnehin nicht länger bleiben, da die Schwester in der Tür stand und vorwurfsvoll auf ihre Armbanduhr klopfte.

Doktor Feber erschien kurze Zeit später, untersuchte seine beiden Patienten und war recht zufrieden. Trotzdem bestand er darauf, dass sie bis zum nächsten Mittag in der Krankenstation blieben.

„Meine Helden!“, schmetterte es hinter dem Arzt und Cecilia Freimann pflügte mit ausgestreckten Armen in den Raum. Sie war ganz in Rot und Schwarz angezogen, und beim Frisör musste sie auch gewesen sein. Sie wechselte mit dem Arzt ein paar Worte und setzte sich dann auf Lilos Bettkante. „Meine Goldkinder, was muss ich über euch erfahren!“ Sie drohte mit dem Zeigefinger. „Nennt ihr das gehorsam sein? Mein Mann hat mit dem Kapitän schon ein ernstes Wort geredet, weil er zugelassen hat, dass ihr an Bord dieses Geisterschiffes gegangen seid.“

Nachdem der Arzt die Tür hinter sich geschlossen hatte, ging schlagartig eine Veränderung mit Frau Freimann vor sich. Sie wirkte nervös und blickte immer wieder verstohlen zu Axel.

„Junger Mann, musst du dich nicht duschen?“, fragte sie auf einmal.

„Keine schlechte Idee!“ Axel war froh, dem Osterei zu entkommen. Sofort verschwand er ins Badezimmer der Krankenstation, das sich im Nebenraum befand.

„Goldlöckchen“, Frau Freimann fasste mit beiden Händen Lilos Rechte, „ich muss mit dir reden, wie von Schwester zu Schwester.“ Sie schlug den Blick zur Decke und stieß einen tiefen Seufzer aus. „Ich kann mich keinem anderen Menschen anvertrauen, nur dir.“

Lilo fühlte sich nicht ganz wohl in der Rolle, in die Cecilia Freimann sie drängte.

„Was ist denn?“

Frau Freimann beugte sich ganz nahe an Lilos Gesicht heran und flüsterte: „Ich werde erpresst!“

Um ein Haar hätte sich Lilo verraten und gesagt: Das wissen wir. Sie antwortete aber nur ungläubig: „Nein, nicht möglich!“

Weinerlich griff sich Frau Freimann ans Herz. Dann erzählte sie ihr von den Briefen, in denen jemand behauptete, ein Geheimnis zu kennen, und ihr damit drohte, es zu verraten, wenn sie singen würde.

„Was kann der Erpresser wissen?“, fragte Lilo neugierig.

Erst nach sehr langem Zögern rückte Frau Freimann damit heraus.

„Nun ja, manche Theater, an denen ich gesungen habe, bekamen ein bisschen Geld von mir. Man muss Theater doch unterstützen, nicht wahr?“

Lilo verstand schnell, was gemeint war: Cecilia Freimann war wohl keine sehr begnadete Sängerin gewesen und hatte deshalb bezahlt, um auftreten zu dürfen. Kam das an die Öffentlichkeit, dann würde sie sich viel Spott gefallen lassen müssen.

„Wenn ich nur wüsste, wer an Bord Bescheid weiß“, jammerte sie. Flehend sah sie Lilo an. „Könntet ihr euch nicht dieses Falles annehmen? Ich werde euch belohnen, wenn ihr ihn löst.“

„Sobald wir hier rausdürfen, gerne“, sagte Lilo. Sie konnte sich kaum ein Grinsen verkneifen. Bestimmt war das der ungewöhnlichste Fall, mit dem die Knickerbocker-Bande je zu tun gehabt hatte.

Eingehüllt in einen dicken weißen Bademantel kam Axel in das Krankenzimmer zurück. Mit dem Handtuch rubbelte er sich die Haare trocken und schimpfte leise vor sich hin.

„Hier wird man gefangen gehalten und versäumt das Beste an der ganzen doofen Schifffahrt.“

„Was ist dir denn für eine Laus über die Leber gelaufen?“, erkundigte sich Lilo. Frau Freimann war wieder gegangen, hatte ihr aber vorher mindestens zehnmal eingeschärft, mit niemandem über ihr Anliegen zu reden, nicht einmal mit Dominik, Axel und Poppi.

Axel wedelte mit der Bordzeitung, die jeden Tag gedruckt wurde und über alle Angebote und Ereignisse auf der *Queen Victoria* informierte, in der Luft herum.

„Im Kino gibt es heute Nacht *Aufstand der Roboter*, du weißt schon, dieser Weltraum-Thriller, in den sie mich nicht reingelassen haben, weil ich zu jung war. Hier kann ich ihn bestimmt sehen. Nur diese Schwester hat sofort geknurrt wie ein Wachhund und mir gesagt, dass wir hübsch brav liegen bleiben müssen. ‚Ich werde aufpassen, damit wir uns richtig verstehen'", äffte er ihre singende Stimme nach.

Wütend warf er sich auf das Bett und berührte dabei unabsichtlich einen Knopf, der ihm bisher gar nicht aufgefallen war. Sofort begannen Kopfteil und Fußteil gleichzeitig hochzuklappen, als wollten sie ihn zwischen sich zerdrücken. Lilo lachte schallend, was Axel noch zorniger machte.

Er würde den Film sehen und wenn er die Krankenschwester dafür betäuben musste.

DAS VERRÄTERISCHE FAX

Auf dem mittleren Deck in der Nähe des Teesalons befand sich die Anlaufstelle für alle Fragen und Wünsche der Passagiere. Das war das Reich von Bellinda Klang und ihren immer freundlichen Kollegen. Sie standen hinter einem langen Fenster und nahmen alle Anliegen entgegen.

In seinem schlürfenden Gang, die Arme auf dem Rücken verschränkt, kam Professor Lessner dorthin und zwinkerte einer der Stewardessen fröhlich zu.

„Bitte, was kann ich für Sie tun, Professor?“, fragte sie höflich.

Der mächtige Schnauzbart des Professors zuckte.

„Ach, wollte ich etwas?“, überlegte er.

„Können wir vielleicht wieder ein Fax für Sie verschicken?“

„Ach, Fax!" Professor Lessner fing an zu strahlen. „Ist ein Fax für mich gekommen?"

„Da müsste ich nachsehen." Die Stewardess begann auf einem Computer zu tippen und ihre Augen wanderten über den Bildschirm. „Ja, es ist eines eingetroffen. Vor etwa einer Stunde. Es müsste aber schon längst in Ihre Kabine gebracht worden sein."

„Dort war ich nicht. Ich war an Deck und habe die Fütterung beobachtet", erklärte der Professor.

Die Stewardess lächelte fragend. „Fütterung?"

„Jaja, da sind Häppchen verteilt worden mit teurem Kaviar. War interessant zu verfolgen, wie sich die Leute wie Tiere darum gebalgt haben. Schenke ihnen etwas, das sie für teuer halten, und sie werden wild und gierig."

Zufrieden über die Bestätigung seiner Theorien nickte er vor sich hin und machte sich auf den Weg zu seiner Kabine.

Fast zur gleichen Zeit wurde dort die Tür geöffnet. Der Eindringling hatte zuvor hastig den Gang auf- und abgeblickt und geprüft, ob niemand in der Nähe war. Mit einer schnellen Bewegung zog er die Magnetkarte durch das Lesegerät, das den Türöffner betätigte. Wie ein Schatten schlüpfte er in die Kabine und fand sofort, wonach er suchte.

Deutlich sichtbar lag auf der braun-gelben Tagesdecke ein weißer Umschlag mit dem Wappen der *Queen Victoria*. Er enthielt die zweiundzwanzig Faxe, die ein Kollege von Professor Messner geschickt hatte. Der Eindringling zog die Blätter heraus und überflog sie. Auf ihnen stand genau das, was er ohnehin schon wusste. Auf diesen Erkenntnissen über das rätselhafte Verschwinden von Luke Luzifer beruhte sein ganzer Plan, der bisher genau nach Wunsch verlaufen war. Alles, aber wirklich alles hatte funktioniert.

Vielleicht wäre es besser gewesen, wenn dieser Junge im Hafen von St. Thomas nicht an Bord der *Mary Blood* geklettert wäre. Doch er hatte ohnehin nichts sehen können, was nicht für seine Augen bestimmt gewesen wäre. Mit einer kleinen Ausnahmen, oder besser gesagt einer großen. Doch der hatte er sicher keine Bedeutung beigemessen.

Natürlich durften die Unterlagen nicht in die Hände des Professors gelangen. Jetzt jedenfalls nicht. In zwei Tagen würde die Sache anders aussehen, da wäre alles vorbei. In dieser Nacht sollte der Plan durchgeführt werden.

Draußen auf dem Gang waren Schritte zu hören.

„Lass es nicht den Professor sein!“, flehte der Eindringling im Stillen.

Noch mehr Schritte kamen den Gang entlang.

„Hallo, Professor!“

Das war die Stimme eines Mädchens.

„Haben Sie schon Antwort von Ihrem Kollegen?“, fragte ein Junge.

„Wartet alles in meiner Kabine.“

Das war ein Schock. Der alte Knacker würde im nächsten Augenblick hereinkommen, begleitet von diesen Kindern, deren Aufgabe längst erledigt war. Ihre Neugier war gut eingesetzt und benutzt worden, nun aber brauchte sie niemand mehr.

So knapp vor dem Gelingen durfte unter keinen Umständen etwas dazwischenkommen. Wie konnte er das verhindern?

„Dürfen wir sehen, was Ihr Kollege geschickt hat?“ Der Junge klang sehr ungeduldig, fast aufdringlich.

„Ihr müsst euch noch gedulden.“ Der Professor zog seine Magnetkarte durch das Lesegerät und das Schloss öffnete sich klickend. Die Tür wurde einen winzigen Spalt geöffnet.

Der Eindringling presste sich flach an die Wand. Ging die Tür auf, verdeckte sie ihn. Aber nicht lange. Schloss sie sich wieder, war es mit der Deckung vorbei.

„Zuerst gehe ich einem menschlichen Bedürfnis nach.“

Das Mädchen gab ein fragendes „Hä?" von sich.

„Er muss mal", erklärte ihr Freund mit gesenkter Stimme.

„In einer Stunde könnt ihr wiederkommen."

Diesmal brummte der Junge enttäuscht.

Die Tür wurde noch weiter aufgestoßen und das Unvermeidbare geschah: Professor Lessner betrat seine Kabine. Hinter ihm schwang die Tür von allein wieder zu.

Es war wie ein Wunder: Der Professor tappte auf sein Bett zu. Suchend blickte er sich um und bemerkte nicht, dass hinter ihm jemand stand und die Luft anhielt. Wenn er tatsächlich auf die Toilette musste, würde er links die Tür benützen und im Bad verschwinden. Der Eindringling konnte sich dann aus dem Staub machen.

Vor sich hin murmelnd tat ihm der Professor den Gefallen, ließ die Tür zum Badezimmer aber offen. Reichlich unappetitliche Verdauungsgeräusche waren zu hören. Der Eindringling gestattete sich ein kurzes Grinsen und glitt dann lautlos auf den Gang hinaus. Draußen zog er eine zweite Magnetkarte durch das Lesegerät. Sie löschte seine Spur. So konnte niemand mehr nachvollziehen, wer außer dem Professor die Kabine betreten hatte.

„Er meint es bestimmt nicht böse!" Poppi lief hinter dem wütenden Dominik her und versuchte ihn zu beruhigen.

„Es ist doch klar, was der Professor tut: Er liest die Papiere erst selbst. Bestimmt will er damit dann angeben und klug dastehen, dabei habe ich die wichtigsten Hinweise auf Luke Luzifer und die *Mary Blood* gefunden." Dominik fühlte sich in seiner Ehre gekränkt.

„Was hast du jetzt vor?“ Es war nicht einfach für Poppi, mit ihm Schritt zu halten.

„Ich gehe in die Bibliothek und setze mich an den Computer. Im Internet kann ich bestimmt auch etwas finden.“

„Vielleicht auch etwas über den Mann, der von Bord der *Mary Blood* verschwunden ist. Diesen Norman Lex, von dem Lilo den Pass gefunden hat.“

Bevor Dominik vor dem Computer Platz nahm, packte er sich einen Berg der runden Häppchen auf einen Teller und begann hungrig zu essen. Wieder waren er und Poppi die Einzigen im Leseraum.

Die Temperatur war eisig wie an dem Nachmittag, als Dominik das rätselhafte Notizbuch gefunden hatte. Poppi fröstelte und begann mit den Zähnen zu klappern.

„Kein Wunder, dass hier keiner sein will. Hier werden Leute tiefgefroren. Oder halten sie hier Eisbären?“ Sie entdeckte neben dem Eingang das Rädchen, mit dem die Klimaanlage eines Raumes gesteuert werden konnte. Die Temperatur war richtig eingestellt und auch sonst schien alles zu passen. Da sie es nicht lange in dem eisigen Raum aushalten würde, ging Poppi noch einmal hinaus und bat den ersten Steward, den sie traf, um Hilfe. Er versprach, einen Techniker zu schicken.

In der Bibliothek hämmerte Dominik auf die Tastatur ein und schimpfte vor sich hin. Unter keinem der Stichwörter hatte er bisher einen Eintrag gefunden. Das sonst so schlaue Internet schien nichts über eine *Mary Blood* und den Piraten Luke Luzifer gespeichert zu haben. Nirgendwo auf der Welt. Sie waren auf den Professor und seine Informationen angewiesen.

„Versuch jetzt Norman Lex", bat ihn Poppi, die auf der Stelle lief, um sich warm zu halten. Dominik schien die Kälte nichts auszumachen.

Zu dem Namen gab es mehrere Einträge. Obwohl er ungewöhnlich war, erschienen Berichte über vier verschiedene Personen namens Norman Lex. Leider war bei keinem ein Foto dabei und so kamen die Knickerbocker auch nicht weiter.

Ein Techniker erschien und untersuchte den Temperaturregler.

„Der ist völlig in Ordnung, es muss einen anderen Grund dafür geben, dass es hier so kalt ist", sagte er entschuldigend und versprach, in der Steuerzentrale des Schiffs nachzusehen, ob dort ein Fehler zu finden war.

Poppi bedankte sich und sagte zu Dominik: „Wir müssen alles über die vier Norman Lex durchlesen. Vielleicht gibt es Hinweise, die Lilo brauchen kann."

„Norman Lex?“, fragte der Techniker und hörte auf, auf seinem Kaugummi zu kauen. „Woher kennt ihr den Lex?“

Dominik wirbelte auf dem Drehstuhl herum. „Wieso kennen Sie ihn?“

„Weil ich an dieser Meereskönigin hier mitgebaut habe.“ Er deutete auf die Wände und Lampen. „Und Lex war der Elektronikexperte, der die ganzen Schaltungen geplant hat. Man kann sagen, er hat diesem Meeresriesen sein Nervennetz gegeben. Allerdings gab es dann Streit mit der Reederei. Es ging wohl um Geld und Lex hat alles hingeworfen. Ich glaube, er hat sogar absichtlich Fehler in die Pläne eingebaut, damit nur er hier Bescheid weiß. Diese Idee ist aber nicht aufgegangen. Er wollte wohl auf lange Zeit Geld herausholen, aber die Seekuh lässt sich nicht melken.“

Diese Information würde Lilo interessieren! Dominik vergaß den Ärger und machte sich mit Poppi auf den Weg zur Krankenstation.

DIESELBEN AUGEN

Lieselotte und Axel hatten Besuch: Bellinda Klang stand zwischen ihren Betten und hatte Cola und ein Körbchen mit verschiedenen Nüssen und Chips gebracht.

„Ihr seid die Helden dieser Kreuzfahrt, das muss ich euch sagen."

„Wir sind Gefangene dieses Doktors und seiner Helferin, dieser durchgeknallten Schwester", beschwerte sich Axel.

Die Chefstewardess winkte ab. „Urteilt nicht so hart über die beiden, sie wollen nur euer Bestes. Übrigens hat auch der Matrose, der mit euch an Bord dieser *Mary Blood* war, heute frei. Er hat sich in seine Kabine zurückgezogen und schläft noch immer. Also wird auch euch Ruhe gut tun."

„Jajaja“, maulte Lilo schlecht gelaunt.

Bellinda schenkte ihr einen bedauernden Blick. „Ach, Mädchen, übertreib nicht. Und übrigens: Der Kapitän möchte euch für euren Mut auszeichnen. Übermorgen, beim großen Galaabend. Freut euch also und jetzt gönnt euch Ruhe!“

Es war nichts zu machen. Axel und Lilo mussten unter der strengen Aufsicht der Krankenschwester das Bett hüten. Der Doktor wollte sichergehen, dass sie nicht doch unter Schock standen.

Etwa eine Stunde später traf Dominik den Professor im Teesalon. Sein Ärger war verflogen und so ging er gespannt zum Tisch, an dem Professor Lessner saß und Kuchen zerbröselte. Als Dominik ihn grüßte, hob er den Kopf und blickte gleich darauf wieder düster vor sich hin.

„Luxusschiff nennt sich das hier. Alles nur feines Getue und nichts dahinter“, begann er zu schimpfen. „Das Fax ist verschwunden. Nie in meiner Kabine angekommen. Der Junge, der es angeblich gebracht hatte, war nie da. Ist zum Glück nachzuweisen. Die moderne Technik macht es möglich. Es ist im Computer nicht gespeichert, dass er in meiner Kabine war, um mir die Papiere zu bringen. Wahrscheinlich war er zu faul und hat sie einfach weggeworfen.“

„Kann Ihr Kollege sie nicht noch einmal schicken?“, fragte Dominik.

„Hab ihm schon einen Brief gefaxt und darum gebeten. Doch er hat natürlich auch noch anderes zu tun.“

Der Professor nahm einen großen Schluck Tee, von dem sich ein paar Tropfen in seinem Bart verirrten. Es sah zu komisch aus, und da Dominik sich das Lachen kaum verbeißen konnte, entschuldigte er sich hastig.

Poppi bestaunte im Schaufenster des Bordladens die Porzellanfigur eines West Highland White Terriers, die über und über mit Diamanten besetzt war. Sie musste ein Vermögen kosten.

Im Glas der Scheibe sah sie Herrn Freimann vorbeigehen. Er lächelte ausnahmsweise mal.

Bellinda Klang kam ihm nachgelaufen. „Verzeihung, Herr Freimann“, sagte sie ein wenig außer Atem. „Man hat mir mitgeteilt, Sie müssten von Zeit zu Zeit vertrauliche Papiere ausdrucken und würden das momentan bei uns im Büro beim Gästeservice tun. Wir könnten Ihnen auch einen Computer samt Drucker in Ihrer Suite zur Verfügung stellen. Wäre das genehm?“

„Nein, nein, ist schon recht so“, lehnte Herr Freimann ab und sah verlegen zu Boden.

„Ich dachte nur, weil Sie immer persönlich neben dem Drucker stehen, also absolute Diskretion nötig ist …"

Herr Freimann schien es eilig zu haben und versicherte im Weggehen, es sei alles in bester Ordnung.

Poppi war vielleicht nicht die beste Detektivin der Bande, trotzdem konnte sie in diesem Fall eins und eins zusammenzählen. Sie wollte die Sache sofort Lilo erzählen.

Dazu kam sie aber erst lange nach dem Abendessen. Eigentlich hätte ihre Freundin an diesem Tag keinen Besuch mehr empfangen dürfen, aber das war Poppi egal. Sie wartete mit Dominik auf eine günstige Gelegenheit.

Gegen zehn Uhr abends verließ die wachsame Krankenschwester dann endlich die Station, um sich etwas zu essen zu holen. Sie war dabei sehr leise und dachte, Lilo und Axel würden denken, sie säße noch immer im Vorraum.

Poppi und Dominik hatten hinter einer Ecke gewartet und schlichen nun zu ihren Freunden. Poppi erzählte von dem Gespräch zwischen Frau Klang und Herrn Freimann und von ihrem Verdacht, Herr Freimann selbst schreibe die Erpresserbriefe. Die vier lächelten und beschlossen, die Sache auf sich beruhen zu lassen. Sie hatten sehr viel Verständnis für Herrn Freimann.

Axel machte Dominik einen Vorschlag: „Du legst dich statt meiner ins Bett. Wir schalten das Licht aus und tun so, als würden Lilo und ich schon schlafen. Dann kann ich mir den Film ansehen und danach löse ich dich ab."

Alle waren einverstanden. Poppi wollte bei Lilo bleiben und sich notfalls unter dem Bett verstecken.

Für Axel war die Kinovorstellung nur halb so schön wie erwartet. Zwar hatte er den Film schon seit langer Zeit unbedingt sehen wollen, doch ohne Dominik, Poppi und Lilo machte ihm das Ganze wenig Spaß. Er war der Einzige im Kinosaal, da die anderen Passagiere lieber oben im Ballsaal in feinen Kleidern und teuren Smokings zu den Klängen des Bordorchesters tanzten.

Irgendwann in der Mitte des Films hatte Axel genug und beschloss lieber zu seinen Freunden zurückzukehren. Neben dem Ausgang stand der Popcornautomat, bei dem man nur einen Knopf drücken und zwei Minuten warten musste, um einen großen Becher Popcorn zu bekommen.

Mit insgesamt drei Bechern in den Händen trat er auf den Gang hinaus und drückte mit dem Ellbogen den Liftknopf.

Die Tür zum Laderaum öffnete sich und ein Mann im hellblauen Overall der Schiffstechniker kam heraus. Etwas fahrig zupfte er am Stoff und rückte den Tragriemen eines Werkzeugkoffers auf der Schulter zurecht.

Sein Blick blieb an Axel hängen.

Der Techniker erschrak genauso wie Axel. Er hätte aber nicht sagen können, was der Grund dafür war. Axel hingegen wusste es. Sein Herz raste und er schwitzte wie nach einem Fußballspiel.

Ein Pling ertönte und meldete das Eintreffen der Liftkabine an. Die Türhälften schoben sich auseinander und Axel stieg schnell ein. Er flehte, die Tür möge sich schließen, und hörte, wie der Mann näher kam. In seinem Kasten klapperte bei jedem Schritt das Werkzeug.

Durch den Spalt, der immer schmäler wurde, starrte der Mann zu Axel in die Liftkabine. Ein nervöses Zucken ging über sein Gesicht und erfasste die Schultern.

Summend wanderte der Lift nach oben.

Angst bohrte sich in Axels Bauch wie eine glühende Faust.

Er war ganz sicher. Der nervöse Tick hatte die letzten Zweifel beseitigt. Der Mann mit dem Werkzeugkasten war dieser Hebs, der ihn an Bord der

Mary Blood im Hafen von St. Thomas fast entdeckt hatte. Obwohl er Axel nie richtig gesehen hatte, musste das Bild von der Beinahe-Begegnung in ihm aufgeblitzt sein. Unbeteiligt hatte Axel bestimmt nicht ausgesehen. Ihm war anzumerken gewesen, dass er den Mann erkannt hatte.

Was würde Hebs tun?

Aber wieso war er überhaupt auf der *Queen Victoria*? Wie kam er hierher? Er war sicher kein Geist! Geister trugen keine Werkzeugtaschen.

Aus einem Instinkt heraus drückte Axel die Taste eines Decks, zu dem er gar nicht wollte. Der Lift hielt, Axel stieg aber nicht aus. Er wartete ungeduldig auf das Zugehen der Türen und fuhr dann nach oben weiter. An seinem Ziel angekommen, drückte er alle Tasten, damit der Lift in allen Stockwerken hielt. Falls Hebs unten die Anzeige beobachtete, die über der Lifttür angebracht war, sollte er nicht wissen, wo Axel ausgestiegen war.

War nur Hebs an Bord? Oder auch die anderen beiden Männer?

Was taten sie hier?

Der Schreck war auf Hebs' Seite vielleicht noch größer gewesen als bei Axel.

Das waren sie. Das waren die Augen, die er im

Dunkel des Unterdecks gesehen hatte. Es war dort jemand gewesen und die Art, wie ihn der Junge angestarrt hatte, zeigte eindeutig: Er hatte Hebs erkannt.

Damit hatte er nicht gerechnet. Dass so etwas passieren würde, damit hatte niemand gerechnet. Es hätte eigentlich nicht passieren dürfen. An Bord erkannt werden konnte nur Lex und der zeigte sich nicht. Noch nicht.

Und wenn er sich irrte? Wenn er gerade einen großen Irrtum beging? Wenn alles nur Zufall war und der Junge ihn einfach nur angestarrt hatte, weil er sich ertappt gefühlt hatte? Es war fast elf Uhr nachts und vielleicht durfte er sich nicht den Film ansehen.

Hebs merkte sich das Stockwerk, in dem der Lift zum ersten Mal hielt. Auf der Digitalanzeige war zu beobachten, wie die Tür auf- und zuging. Dort war der Junge jetzt also. Sollte doch der Kopf entscheiden, was jetzt geschehen sollte. Hebs lief in den Lagerraum zurück zu dem Container, in dem sich die anderen beiden versteckt hielten. Lex wusste, wie der Kopf zu verständigen war.

DIE ORGEL DES RÄCHERS

In den nächsten zehn Minuten mussten wichtige Entscheidungen getroffen werden. Die drei Männer waren nur die Ausführenden. Den Plan hatte jemand anders entwickelt, den sie „der Kopf" nannten.

Hebs tobte und malte die schrecklichsten Situationen aus. Der Plan war zum Scheitern verurteilt, befürchtete er. Der Junge schlug vielleicht Alarm und dann würde bestimmt der Sicherheitsdienst das ganze Schiff absuchen und sie finden. Das wäre ihr Ende. Das Gefängnis wäre ihnen sicher.

Lex sah das nicht so. „Reg dich ab, Hebs. Reg dich ab. Wir haben nichts getan. Noch nicht."

„Aber wir werden es tun. In zwei Stunden werden wir es tun und danach darf keine Spur zu uns führen. Dafür tun wir das doch alles. Dafür haben wir so viel Geld aufgebracht. Selbst wenn wir jetzt alles abbrechen, sind wir ruiniert. Jeder von uns ist pleite, habt ihr das vergessen?"

Der dritte, Rudi, war der Ruhigste von allen. Mit steinerner Miene hockte er in dem Container, der laut Aufschrift Konservendosen mit Tunfisch enthalten sollte.

„Können wir in Kontakt treten?", wollte er von Lex wissen.

„Birgt ein Risiko und der Kopf wird nicht erfreut sein."

„Egal, tu es."

Lex atmete tief ein und langsam wieder aus. Er konnte vom Frachtraum aus in die Schiffselektronik eingreifen und auf diese Weise Verbindung aufnehmen.

Wie erwartet war der Kopf wütend über die Kontaktaufnahme. Im Hintergrund war Tanzmusik zu hören. Gesprochen wurde über ein eigenes Telefonnetz, das nur Mitgliedern der Besatzung zur Verfügung stand.

„Operation Höllenfahrt beginnt in zwanzig Minuten!", lautete der Befehl.

Das war mehr als eineinhalb Stunden früher als geplant und Lex gab zu bedenken, dass noch einige

Vorbereitungen getroffen werden mussten, die mehr Zeit in Anspruch nehmen konnten.

„Macht, sonst geht ihr über Bord und bleibt wirklich für immer verschwunden." Danach wurde die Verbindung beendet.

Der dicke Lex hatte Schweißperlen im Gesicht. Schnaufend kehrte er zu den anderen beiden zurück. Er fürchtete einen Ausbruch von Hebs, der zwar ein geniales Computerhirn war, aber mit allem, was nicht genau nach Plan lief, nicht umgehen konnte.

Rudi hob fragend die Augenbrauen.

„Höllenfahrt in zwanzig Minuten. Das Risiko ist gewaltig."

„Ich habe es geahnt. Ich habe es geahnt!", jammerte Hebs los und zappelte wie ein kleiner Junge, der dringend auf die Toilette musste. „Wieso habe ich mich darauf eingelassen? Von wegen, wir lassen uns in Mexiko dann alle neue Gesichter verpassen und bekommen neue Pässe. Es wird schief gehen und wir landen alle hinter Gittern. Alle."

Rudi sah ihn durchdringend an und verpasste ihm eine schallende Ohrfeige.

„Das passiert nur, wenn du jetzt nicht deine Arbeit machst, und zwar gründlich!"

Der Schlag brachte Hebs wieder zur Besinnung.

Er rieb sich wehleidig die schmerzende Wange. Wimmernd verließ er das Versteck.

Auf dem Weg zum Ausgang kam er an einem der Müllcontainer vorbei. Sie waren mannshoch. In ihnen hätte bequem ein Auto Platz gehabt. Durch einen breiten Schlauch fielen von oben unentwegt Abfälle herab.

Hebs kam der Gedanke, sich in einem dieser Container zu verkriechen. Unentdeckt würde er im nächsten Hafen ausgeladen werden und verschwinden können.

Nein, der Gedanke war doch nicht so gut. Die Behälter wanderten verschlossen in Müllverbrennungsanlagen, wo sie automatisch entleert wurden. Mit ein wenig Pech landete er wirklich in der Flammenhölle.

„Na endlich!“ Professor Lessner riss der jungen Stewardess die Blätter aus der Hand. Den ganzen Abend war er schlecht gelaunt gewesen und hatte seinen Unmut an allen Mitgliedern der Schiffsbesatzung ausgelassen, die ihm über den Weg gelaufen waren. Niemand war verschont geblieben.

Nur um zu meckern und mit leichenbitterer Miene dazusitzen und allen vorzuführen, wie verärgert er war, hatte er sich von Bellinda Klang überreden lassen, in den Tanzsaal mitzukommen. Ihre Aufforderung zu einem Tanz hatte er natürlich abgelehnt.

Nun aber hielt der Professor endlich die Faxe seines Kollegen in den Händen. Er blätterte den Stoß durch und steckte sie unter seine schwarze Smokingjacke, die ihm viel zu weit war. Er wollte in seine Kabine und dort die Unterlagen studieren.

Vor dem Ballsaal lief ihm wieder die Chefstewardess über den Weg.

„Sie verlassen unser Fest schon, Professor?“ Sie klang ehrlich enttäuscht.

„Habe etwas, das mich mehr interessiert.“ Professor Lessner klopfte auf seine Brust und die Chefstewardess überlegte, was er mit dieser Geste ausdrücken wollte.

Da erschien Axel, noch immer die Popcornbecher an sich gepresst und vor Aufregung hochrot im Gesicht.

„Moment, junger Mann!“ Mit gespielter Empörung stemmte Bellinda die Hände in die Seiten. „Sollten wir nicht im Bett liegen?“, machte sie den Tonfall der Krankenschwester nach.

„An Bord … da ist … da ist ein Mann … den habe ich gestern auf der *Mary Blood* gesehen“, platzte Axel heraus.

„Sag das noch einmal!" Bellinda Klang schüttelte den Kopf, als traute sie ihren Ohren nicht.

Axel wiederholte seine Entdeckung und Professor Lessner blieb interessiert stehen.

„Wo soll das gewesen sein?", begann er nachzuforschen.

Auch das konnte Axel genau beschreiben.

„Ist das jetzt vielleicht wieder einer eurer Versuche, euch wichtig zu machen?" Frau Klang klang nicht mehr so freundlich wie sonst.

„Es ist wahr, bitte, glauben Sie mir!"

„Ich mache dir einen Vorschlag: Du führst mich hin und zeigst mir, wo du den Mann gesehen hast. Dann entscheide ich, wie wir weiter vorgehen." Zum Professor gewandt sagte die Chefstewardess leise: „Der Doktor hat uns gewarnt: Es kann bei den Kindern zu Spätfolgen des Schocks kommen."

Verständnisvoll nickte Professor Lessner und verlor das Interesse.

Der Krankenschwester war Axels Verschwinden nicht aufgefallen. Da es im Krankenzimmer dunkel war, hielt sie die liegende Gestalt im Bett für ihren Patienten. Kaum war die Tür wieder zu, begannen sich Lilo, Dominik und Poppi flüsternd zu unterhalten.

Es war schon nach elf Uhr, als Poppi auf die Toilette musste und außerdem Hunger hatte. Sie schlich in den Vorraum, wo die Krankenschwester in einem Stuhl eingenickt war. Ihr Kopf lag nach hinten gebeugt und sie schnarchte laut. Auf Zehenspitzen huschte Poppi an ihr vorbei.

Toiletten gab es beim Speisesaal und vor dem Ballsaal, das wusste Poppi sicher. Der Ballsaal war näher und deshalb lief sie in diese Richtung. Als sie um die Ecke bog, stieß sie mit Professor Lessner zusammen. Er war bereits in die Lektüre der Faxe vertieft und ließ die Blätter erschrocken fallen.

Entschuldigungen stammelnd half Poppi ihm beim Aufheben.

„Eine wilde Bande seid ihr", schimpfte der Professor. Er klopfte auf die Zettel und sagte augenzwinkernd: „Dieser Luke Luzifer war ein verwegener Bursche. Ihn hat es am Ende seines Lebens schlimm getroffen. Jaja, die Leidenschaft und das Laster können tödlich sein."

„Was meinen Sie?", wollte Poppi wissen.

„Die Orgel des Rächers wurde ihm schließlich zum Verhängnis."

„Was soll das gewesen sein?"

Der Professor hielt ihr eine Strichzeichnung hin, die eine Maschine zeigte. Für Poppi hatte das Gerät

Ähnlichkeit mit einer Riesenkanone, an der Speere und Pfeile angebracht waren und außerdem ein waagerechtes Rad mit spitzen, gebogenen Sicheln. Wenn sich das drehte und jemand in seine Nähe kam, war er verloren.

„Eine Waffe, eine Monsterwaffe!" Der Professor drehte das Blatt schnell um, als könnte die Maschine sonst Wirklichkeit werden. „In nichts ist der Mensch so erfinderisch wie in der Herstellung von Geräten zum Kämpfen und Töten. Was für ein grausames Ding, diese Orgel des Rächers."

Poppi verstand nicht, was sie mit dem Piraten zu tun hatte.

„Die Maschine ist in Amerika gebaut und per Schiff nach Europa geschickt worden. Es war das letzte Schiff, das Luke Luzifer gekapert hat. Dabei ist ihm auch die Orgel des Rächers in die Hände gefallen. Auseinander gebaut und in mehrere Kisten verpackt."

Für Poppi redete der Professor in Rätseln. „Ja und? Hat sich das Ding von allein zusammengesetzt und ist auf Luke Luzifer losgegangen?"

„Aber nein!" Ungeduldig jaulte der Professor auf. „Wie kann man nur so langsam von Begriff sein!" Er beschloss, seine Zeit nicht länger zu verschwenden. „Ach, ihr seid alle gleich. Dein Freund hat auch ein Problem mit seinem Kopf. Glaubt, unten beim Kino die Männer von der *Mary Blood* gesehen zu haben. Ihr solltet mal besser alle ein paar Tage Ruhe geben."

Grußlos ging er davon und ließ eine verdutzte Poppi zurück.

Sie musste zur Toilette, da ging kein Weg dran vorbei. Ihr Hunger war aber verflogen. Poppi musste zu Lilo und ihr alles berichten.

AUSGETRICKST

Bei Poppis Rückkehr wachte die Krankenschwester auf und begann sofort lauthals zu schimpfen. Sie versuchte das Mädchen aus der Krankenstation zu scheuchen und zeterte los, als sie Dominik in Axels Bett fand.

„Axel hat etwas entdeckt. Einen der Männer von der *Mary Blood*", berichtete Poppi atemlos.

Lilo glaubte das zuerst nicht.

In die ganze Aufregung platzte dann noch Bellinda Klang herein. Ihre sonst so tadellos geföhnte Frisur war zerstrubbelt, ihre Gelassenheit war in große Besorgnis umgeschlagen. Die Krankenschwester fing an auf sie einzureden, aber die Chefstewardess gab ihr zu verstehen, dass sie sich bitte gedulden möge. Es gab Wichtigeres zu besprechen. Sie schloss die Tür hinter sich und blickte sehr ernst von einem Knickerbocker zum anderen.

„Euer Freund dreht durch. Ich habe es dem Kapitän noch nicht gemeldet, weil der Junge dann in größte Schwierigkeiten geraten würde. Das möchte ich ihm eigentlich ersparen. Vielleicht könnt ihr ihn beruhigen."

„Wieso? Was macht er? Poppi sagt, er hat einen Mann gesehen, der auf der *Mary Blood* war." Lilo holte schnell die Kleidung aus dem Schrank, die sie in der Nacht getragen hatte, und schlüpfte in Jeans und T-Shirt. Lange nestelte sie an ihren Schuhen herum, bis sie endlich die Schnürsenkel zugeknotet hatte. Mit hochrotem Kopf richtete sie sich auf und wischte sich eine feuchte Haarsträhne aus dem Gesicht.

Die Chefstewardess war sehr aufgewühlt. „Ja, er hat etwas von einem Mann beim Frachtraum erzählt. Aber als wir unten angekommen sind, hat er zu toben und schreien begonnen und mich beschimpft. Dann hat er angefangen, dort zwischen den Containern Verstecken zu spielen."

Dominik rückte seine Brille zurecht. „Das klingt gar nicht nach Axel."

„Es war aber so. Genau so. Kommt mit und helft mir ihn einzufangen."

Die Knickerbocker sahen einander an und keiner der drei konnte sich einen Reim auf das machen, was Frau Klang erzählt hatte. Es sah Axel gar nicht ähnlich. Nach den Erlebnissen an Bord der *Mary Blood* war er aber vielleicht verwirrt oder krank. Wenn er ihre Hilfe brauchte, dann bekam er sie auch.

Beim Verlassen der Krankenstation drehte sich Lilo noch einmal um. Die emsige Schwester rang die Hände, weil alles, was da vor sich ging, gegen ihre Grundsätze verstieß.

„Äh … der Boden drinnen … schmutzig!“, sagte Lilo vorwurfsvoll.

Die Schwester schnappte hörbar nach Luft.

Dominik zog Lilo am Arm, weil Poppi und Frau Klang schon weit voraus waren. Die Freunde folgten der Chefstewardess auf das unterste Deck.

Der Frachtraum war erfüllt vom Dröhnen der Maschinen, die das riesige Schiff über das Meer bewegten. Die Beleuchtung war hier nicht so edel und weich wie in den Gängen und Kabinen. An den Wänden hingen Neonröhren und von der Decke strahlten scheinwerferartige Leuchten. Der Raum war in kaltes, lebloses Licht getaucht.

Die drei Knickerbocker fühlten sich irgendwie verloren. Die Temperatur war niedriger als auf den oberen Decks, damit gelagerte Lebensmittel gekühlt wurden und der Müll nicht zu stinken begann.

„Wo … wo ist Axel hingelaufen?“, fragte Lilo verängstigt. Dominik wippte auf den Zehenspitzen auf und ab. Ihm kam die ganze Sache äußerst sonderbar vor.

Poppi schrie plötzlich laut auf. Lilo und Dominik drehten sich zu ihr und erstarrten. Hinter einem der Container waren zwei Männer hervorgetreten. Einer von ihnen war fett und breit, der andere ein sportlicher Typ mit gestählten Muskeln. Nach Axels Beschreibung musste das Rudi sein, der dritte Mann an Bord der *Mary Blood*.

Sie sprachen kein Wort. Beide beugten sich leicht vor und streckten die Arme zur Seite. Lex, der Dicke, bewegte sich unerwartet geschickt zur Seite und schnitt gemeinsam mit dem anderen den drei Knickerbockern den Weg zum Ausgang ab.

Lilo drehte sich zu Bellinda Klang und ein kurzer Blick genügte, um eine schreckliche Gewissheit zu haben: Sie waren in eine Falle geraten, die die Chefstewardess ihnen gestellt hatte. Nie zuvor hatte Lilo eine Verwandlung miterlebt wie bei Frau Klang in diesem Moment: Als wäre eine Maske abgefallen und jetzt ihr wahres Gesicht zum Vorschein gekommen. Nicht nur ihr sonst so tadelloses Make-up und

die Frisur waren nicht mehr wiederzuerkennen, es ging auf einmal auch etwas grausam Kaltes von ihr aus.

„Was … wieso …?“ Mehr brachte Lilo nicht heraus.

„Zu den anderen!“, befahl Frau Klang knapp. Mit den Augen deutete sie zum Müllcontainer.

„Hören Sie …“, begann Dominik, aber da

schnappte sich Frau Klang schon mit einem schnellen Griff Poppi und zog sie zu sich. Ihre Finger gruben sich tief in Poppis Arm. Die Männer kamen auf Lilo und Dominik zu, breiteten ihre Arme aus, damit ihnen keiner links oder rechts entwischen konnte.

„Seite", zischte Lilo aus dem Mundwinkel. Dominik verstand zwar, was seine Freundin ihm sagen wollte, zuckte aber nur mutlos mit den Schultern, da er lange nicht so sportlich war wie Axel. Lilo tauchte blitzschnell mit dem ganzen Körper ab und warf sich gleichzeitig nach rechts. Rudi, der sie hatte packen wollen, griff ins Leere. Dominik versuchte es Lilo nachzumachen, war aber nicht schnell genug. Da er gezögert hatte, war der Dicke gewarnt gewesen. Er bekam Dominik an den Haaren zu fassen und riss ihn daran. Dominik schossen Tränen in die Augen, der Schmerz lähmte seine Gedanken und Muskeln für einen Moment.

Lilo hingegen sprang bereits wieder auf die Beine und sprintete wie bei einem Hundert-Meter-Lauf nach vorne Richtung Tür. Orientierungslos torkelte ihr Verfolger herum.

„Hinter dir, du Idiot!", schrie ihn Bellinda Klang an.

Lilos Vorsprung war zu groß, er würde sie nicht

mehr einholen. Sie klatschte mit den Handflächen gegen die Innenseite der Tür und fing ihren Schwung ab. Der Sensor über ihr erfasste die Bewegung und gab den Befehl zum Öffnen. Die Tür ging auf. Lilo wich jedoch zurück und geriet ins Stolpern. Damit hatte sie nicht gerechnet.

„Greif sie, greif sie!", tobte Bellinda Klang.

Ihr Komplize stürzte sich mit nach vorne gestreckten Armen auf Lilo. Die hatte sich jedoch wieder unter Kontrolle und schwang sich an der Türkante entlang, um durch die Öffnung vor ihr zu entkommen.

Aber was geschah mit ihren Freunden? Sie konnte sie doch nicht einfach zurücklassen!

Doch! Das musste sie tun, so schwer es ihr auch fiel. Sie würde den Kapitän verständigen und Alarm schlagen. Der Sicherheitsdienst des Kreuzfahrtschiffes würde sich dann um die verbrecherische Bande rund um die Chefstewardess kümmern. Axel, Dominik und Poppi würden sofort aus ihrer Gewalt befreit werden können.

„Du musst sie kriegen!" Die Stimme von Frau Klang war bereits weit hinter Lilo zu hören.

Dann ging es Schlag auf Schlag: Lilo hörte einen Aufschrei, den sie nicht genau deuten konnte. Sie drehte den Kopf nach hinten, da sie befürchtete,

Poppi könnte etwas angetan worden sein. Was sie sah, war Bellinda Klang, die mit schmerzverzerrtem Gesicht beide Hände in die Höhe streckte.

Wo war Poppi? Was war da geschehen?

Dominik wand sich im Griff des Dicken, hatte aber nicht die geringste Chance zu entkommen. Der massige Mann hielt ihn im Schwitzkasten, und notfalls hätte er Dominik auch das Genick gebrochen.

Aber Poppi? Was war mit ihr?

Eine halbe Sekunde Unaufmerksamkeit vereitelte Lilos Flucht. Sie übersah die Türschwelle, blieb mit dem linken Schuh daran hängen und kippte nach vorn. Sie versuchte einen Sturz abzufangen, verlor aber das Gleichgewicht und knallte zu Boden. Bevor sie aufstehen konnte, wurde sie von oben niedergedrückt und eine Hand legte sich über ihren Mund.

„In den Müllcontainer, den Jungen auch", kam der Befehl von Frau Klang.

Sie wollten die Bande loswerden und für immer verschwinden lassen. Axel lag bestimmt schon bei den Abfällen.

Lilo strampelte und versuchte sich zu befreien, worauf ihr der Mann auch die Nase zuhielt. Da sie keine Luft bekam, musste sie jeden Widerstand aufgeben. Erst dann lockerte ihr Peiniger den Griff.

Dominik und Lilo landeten zwischen stinkenden Essensresten, Papier, leeren Blechdosen, Plastik und anderem Müll. Am Stöhnen erkannten sie Axel in der Dunkelheit.

„Ich … mein Kopf … der Schmerz … ich …“, stammelte er.

Über ihnen wurde der Deckel auf die quadratische Luke geknallt und rund um die drei Knickerbocker wurde es stockfinster.

Im Container war es heiß und der Gestank machte das Atmen fast unmöglich. Der Behälter war zu drei Viertel gefüllt und der Vorrat an Luft war gering. Lilo erkannte die Gefahr sofort, sagte aber nichts zu ihren Freunden. Was nützte es, wenn auch die anderen in Panik gerieten? Sie mussten hier raus. Raus, raus, raus!

Lilo presste sich ihren nackten Arm auf die Nase und atmete flach. Faulig und ekelig waren die Ausdünstungen der Abfälle. Ihr wurde übel und ihr Magen rebellierte.

Aber wo war Poppi?

WER ZU VIEL WEISS ...

„Wo ist diese Kröte hin? Sie muss hier irgendwo sein!“

Bellinda Klang stand gebeugt da, die Hände vorgestreckt wie die Scheren einer Krabbe auf Beutefang.

Durch die offene Tür stolperte Hebs, hatte Mühe sich wieder zu fangen und taumelte wie betrunken auf Bellinda zu.

„Hast du gesoffen?“, fuhr sie ihn an.

Der schlaksige Mann zitterte am ganzen Körper und konnte seine Hände kaum unter Kontrolle halten. Ständig musste er sich kratzen oder über Stirn, Kopf und Brust streichen. Er war mit seinen Nerven am Ende.

„Was ist?“ Bellinda schrie wieder.

Lex und der dritte schlichen auf der Suche nach Poppi durch den Frachtraum. Sie würden sie finden, egal wo sie sich verkrochen hatte. Sie würde nicht entkommen!

„Es ist alles an der zentralen Luftverteilungsstelle angeschlossen. Ich muss nur aufdrehen. Ist das Mittel sicher das, was ich haben wollte?“ Hebs schnappte bei jedem Satz nach Luft. „Bist du sicher, es ist das, was ich dir gesagt habe?“

„Du brauchst wirklich einen guten Nervenarzt“, schnaubte Bellinda Klang und warf ihre zerstrubbelte Mähne nach hinten. „Was soll es sonst sein? Zitronenduft? Parfüm?“

Keine Maus hätte leiser und wendiger schleichen können als Poppi. Sie hatte ohne Vorwarnung zugebissen. Die Hand der Chefstewardess war direkt vor ihren Zähnen gewesen, und da hatte Poppi einfach den Mund geöffnet und zugeschnappt, als wäre es ein Stück Brot.

Der Schmerz musste höllisch gewesen sein und hatte genau den Effekt, den Poppi sich gewünscht hatte. Frau Klang hatte losgelassen und die blutende Hand in die Höhe gerissen. Poppi hatte den Moment genutzt und war zwischen den gestapelten Kisten untergetaucht. Diesmal hatte es sich als großer Vorteil erwiesen, dass sie dünn und klein war.

Sie konnte sich durch schmale Ritzen zwängen, in denen jeder andere stecken geblieben wäre. Vor allem der dicke Lex oder sein Kumpel.

Auf diese Weise hatte sie sich weit nach hinten zurückziehen können, bis sie die eiserne Schiffswand erreichte. Das gestapelte Ladegut bildete einen Schutzwall zwischen ihr und den Verfolgern.

Aber was sollte sie jetzt machen?

„Wir starten das Unternehmen auf der Stelle. Wo sind unsere Schutzmasken?“, hörte sie Bellinda Klang sagen.

Schutzmasken? Wovor wollten sie sich schützen?

Mit halbem Ohr hatte Poppi mitbekommen, dass die Gauner über die Klimaanlage gesprochen hatten.

Klimaanlage? Gas? Wollten sie die Passagiere betäuben?

Ja, das musste es sein. Die reichen Passagiere sollten betäubt werden. Es gab dafür nur einen Grund: Die Passagiere sollten ausgeraubt werden. Teuren Schmuck trugen die Damen genug bei sich und allein im Schaufenster des Juweliers an Bord lagen Edelsteine von gigantischem Wert.

Der geplante Raub beunruhigte Poppi viel weniger als das Schicksal ihrer Freunde. Sie wusste, was ihnen angetan worden war. Und Poppi wollte sie dort wieder herausholen. Schnell. In einem solchen Container konnte ein Mensch ersticken.

Sie bebte am ganzen Körper.

Diese Verbrecher! Sie schreckten vor nichts zurück. Auch nicht vor Mord. Wenn Lilo, Axel und Dominik keine Luft mehr bekamen … Und niemand würde je herausfinden, was geschehen war, weil sie samt Müll verschwinden würden.

Ich muss sie retten, ich kann sie retten, ich werde sie retten! Ständig sagte sich Poppi das im Stillen vor.

Nur wie, wie?

„Wie schnell setzt die Wirkung ein, wenn das Zeug aus der Klimaanlage kommt?“, fragte Bellinda Hebs.

„Bis es auf dem ganzen Schiff verteilt ist, dauert es sicher an die zwanzig Minuten. Und wir müssen sehr vorsichtig sein.“

„Wieso? Wir tragen ohnehin die Schutzmasken und atmen das Zeug nicht ein.“

Hebs gab hilflose Laute von sich. „Das ist es nicht. Die Leute haben doch diese Wahnvorstellungen. Sie werden mit offenen Augen die schlimmsten Albträume ihres Lebens haben.“

„Und sie werden uns in den Seeräuberkostümen sehen.“ Frau Klang lachte tief und kehlig wie eine

Piratenbraut. „Und wenn die Wirkung des Zeugs nachlässt, werden sie bemerken, dass sie ein wenig ärmer sind, und behaupten, es seien Piraten gewesen. Luke Luzifer und seine Mannen. Und die Polizei wird vor dem größten Rätsel aller Zeiten stehen."

„Wie vereinbart, haut ihr mit der Beute ab und bringt sie in Sicherheit. Dann ab in die Klinik, neue Gesichter machen lassen, die zu euren neuen Pässen passen. Ich kündige dann in einem Jahr und hole mir meinen Anteil."

Es war ein teuflischer Plan. Über dem Raub würde das Rätsel um den Geisterpiraten stehen, der ein paar Scherzbolde, die auf dem nachgebauten Schiff gesegelt waren, zur Hölle geschickt und danach noch einmal auf einem Kreuzfahrtschiff zugeschlagen hatte. Die Aussagen der Passagiere würden völlig verrückt klingen, aber alle würden dabei bleiben.

Nur die Knickerbocker-Bande wusste mehr und deshalb war ihr Leben in Gefahr.

Gab es noch eine Chance?

Was auch immer Poppi tat, sie musste schnell handeln. Sehr schnell. Vor dem gefährlichen Gas, das Albträume auslöste, war auch sie nicht geschützt.

„Was tun wir mit der Kleinen?“, fragte Lex laut. „Sie hat sich wohl dort hinter den Kisten verkrochen, diese Ratte!“

Ein paar Sekunden war es völlig still im Frachtraum. Dann rief Bellinda Klang und ihre Stimme hallte von den Metallwänden. Sie meinte es ernst, daran war kein Zweifel.

„Kleine, komm raus! Sonst leiden deine Freunde. Ich zähle bis zehn. Eins … zwei …“

Blieb Poppi eine andere Wahl? Nein!

Bellinda Klang würde die Drohung wahr machen.

„… drei … vier …“

Gab es hier nirgends so ein Telefon an der Wand?

Der Einfall war gut, nur leider konnte Poppi keines entdecken.

„… fünf … sechs … sieben …“

Es war aus.

„Ich komme!“ Poppis Stimme war fast nicht zu hören.

„… acht …“ Zu ihren Kumpanen sagte Bellinda: „Los, holt einen der drei noch einmal raus. Wenn er schreit, dann kommt die Kleine sicher angekrochen.“

Poppi räusperte sich heftig. „Ich komme!“ Diesmal war es laut genug gewesen.

Zufrieden bemerkte Frau Klang: „Na, wer sagt's denn!“

Verzweifelt und leise schluchzend begann Poppi zurückzukriechen. Sie blieb an einer Holzkiste hängen und ein hervorstehender Nagel bohrte sich tief in ihren Arm. Die Wunde blutete, aber das war Poppi egal.

Plötzlich ertönte das zischende Geräusch des automatischen Türöffners. Obwohl Poppi nicht sah, wer kam, spürte sie sofort die Veränderung im Raum.

Wieder trat Stille ein.

„Frau Klang? Was ist hier los?"

Diese strenge Stimme, die weder Widerspruch noch Ausflüchte duldete, konnte nur einem an Bord gehören: dem Kapitän.

„Wer sind diese Männer? Ich denke, Sie müssen mir einiges erklären."

„Gut, dass Sie kommen, Käpten!", sagte die Chefstewardess ungewohnt leise. „Die Männer … also diese Kinder, die da immer Detektiv spielen … sie haben mich heruntergelockt. Dann waren da auf einmal diese Männer. Die Kinder …"

Poppi zwängte sich zwischen zwei eng stehenden Containern hindurch und taumelte hinter Bellinda Klang in den Lichtkegel eines Scheinwerfers.

„Das ist gelogen … meine Freunde hat sie in den Müllcontainer gesperrt … sie wollen das Schiff vergiften … mit einem Gas über die Klimaanlage!" Poppi redete und redete. Hinter dem Kapitän sah sie mehrere Sicherheitsleute, die sofort losliefen.

Hebs sank zu Boden und wimmerte jämmerlich. „Ich wusste, es geht schief … es geht schief."

Aus lauter Erleichterung über die Rettung lief Poppi, vorbei an Bellinda Klang, die dastand wie eine Statue, auf den Kapitän zu. Sie schlang ihre Arme um ihn und presste den Kopf an seine Uniformjacke. Etwas unsicher legte ihr dieser einen Arm auf den Rücken und tätschelte sie beruhigend.

EHRENOFFIZIERE

„Kleine Helden! Unsere kleinen Helden!“ Frau Freimann redete seit zwei Tagen nicht mehr, sondern sang nur noch, als wäre das Schiff ihre Bühne und der Fall, den die Knickerbocker-Bande gelöst hatte, eine Oper.

Wie vor einer knappen Woche saßen die vier Freunde mit den Freimanns und Professor Lessner wieder am Tisch des Kapitäns.

Einige Unterschiede gab es allerdings:

Erstens bekamen die Knickerbocker ein spezielles Menü, das der Chefkoch mit Lilo persönlich abgesprochen hatte und das aus allen Lieblingsspeisen der vier bestand: Spaghetti mit Parmesan für Dominik, Pizza für Poppi, ein scharfes Thai-Gericht für Lilo und für Axel einen Dreifach-Cheeseburger.

Zweitens war der Kapitän lockerer und lachte sogar zweimal.

Und drittens war sogar Herr Freimann gut gelaunt und sorgte sich ständig, dass die Knickerbocker auch genug Eis zum Nachtisch bekämen und dass die vier sich nicht langweilten und welche Ausflüge auf der nächsten Insel unternommen werden könnten.

„Was für ein kluges Kind unser Goldlöckchen doch ist!“, schmetterte Frau Freimann und prostete Lilo zu. Lilo hatte nämlich in der Krankenstation einen Hinweis hinterlassen. Während sie sich anzog, als Frau Klang sie abholte, um sie in den Frachtraum zu führen, hatte Lilo mit der schwarzen Gummisohle ihrer Sportschuhe auf den Boden geschrieben: Frachtraum – Wachdienst rufen!

Lilo hatte geahnt, dass an der ganzen Sache etwas nicht stimmte, konnte aber mit niemandem mehr darüber sprechen.

Sie überließ alles Weitere der Krankenschwester, die die Schrift auf dem Boden fand und den Doktor benachrichtigte. Der sprach mit dem Kapitän über die Sache und es wurde beschlossen, dem Ganzen auf den Grund zu gehen.

„Die gute Schwester hat doch geschimpft, dass unsere Schuhe dunkle Striche auf dem hellen Boden hinterlassen könnten", erzählte Lilo. „Und das ist mir beim Schuheanziehen eingefallen. Ich dachte, dieser Hinweis ist auf jeden Fall richtig. Kommt der Sicherheitsdienst nachsehen und alles ist in Ordnung, so kann ich behaupten, die Schwester hätte meine Nachricht falsch verstanden und wir hätten keinen Ärger bekommen."

Seinen ganz großen Auftritt hatte an diesem Abend der Professor. Endlich besaß er alle Informationen über Luke Luzifer und sein rätselhaftes Verschwinden.

„Die Lösung steckte im Rum", sagte er schließlich, nachdem er viel von dem erzählt hatte, was die Bande schon wusste. „Der Rum wurde den Piraten zum Verhängnis. Der Erfinder dieser schrecklichen Waffe wollte nämlich nicht, dass seine Rächer-Orgel Piraten in die Hände fällt und sie von ihnen vielleicht eingesetzt werden könnte. Daher ließ er zu den Kisten mit den Bauteilen Fässer stellen, die mit bestem Rum gefüllt waren, der aber vergiftet war. Es handelte sich um ein Gift aus dem südamerikanischen Urwald.

Nahm man es zu sich, bekam man die schlimmsten Wahnvorstellungen, glaubte sich von Riesenspinnen, fliegenden Haien und was weiß ich für Ungeheuer verfolgt."

Dominik nickte nachdenklich. „Die Piraten haben sich betrunken und sind dann aus Panik über Bord gegangen und ertrunken."

„Richtig, junger Freund. So sieht es aus."

Für den Kapitän war das alles schwer zu verkraften. „Und dieser Norman Lex hat von diesem Vorfall erfahren und dann die Idee mit dem Raubzug an Bord der *Queen Victoria* gehabt!"

„Nein, nein", mischte Lilo sich ein. „Die Idee hatte seine Freundin, Bellinda Klang. Ein alter Bekannter, nämlich dieser Rudi, hatte vor kurzem eine Erbschaft gemacht und in seinem Freundeskreis erzählt, dass ihm ein uralter Verwandter, den er nur zweimal in seinem Leben gesehen hatte, die nachgebaute *Mary Blood* hinterlassen hatte. Außerdem eine Kiste mit alten Seemannssachen, in der sich auch das Notizbuch von Edward Scissor befand. Er hatte angefangen darin zu lesen und es Bellinda gezeigt.

Die ganze Sache ist dann auf ihrem Mist gewachsen und sie hat auch alle Fäden gezogen. Es war Rache, weil Norman Lex gefeuert worden war, und gleichzeitig auch die Chance, schlagartig zu ungeheuren Reichtümern zu kommen."

Die Chefstewardess war der Kopf gewesen, der den Plan ausgearbeitet hatte, wie zum Beispiel das

Verschwinden der drei Männer von der *Mary Blood* und die Spuren, die sie natürlich an Bord selbst hinterlassen hatte. Axel und Lilos Neugier kam ihr nur gelegen. Die beiden waren die besten Augenzeugen, die sie sich hätte wünschen können.

„Dieser Hebs arbeitet in einem Chemielabor und hatte Zugang zu der hochgiftigen Substanz, die in die Klimaanlage geleitet werden sollte. Daher haben ihn die anderen auch aufgenommen“, konnte Dominik ebenfalls etwas zur Erklärung beisteuern.

Cecilia Freimann fasste sich an ihr glitzerndes Halskollier. „Undenkbar, wie schrecklich der Verlust meiner Juwelen für mich gewesen wäre. Bestimmt haben die anderen Damen an Bord auch schönen Schmuck, aber meiner ist wirklich unersetzbar.“

Der Professor deutete mit dem Zeigefinger auf die Bande. „Und euch hat sich diese Klang ausgesucht, um die Gerüchte über Luke Luzifer zu verbreiten. Sie wusste, ihr würdet schon fleißig plappern.“

Alle vier Knickerbocker bekamen rote Köpfe. An dem, was der Professor sagte, war etwas Wahres dran. Bellinda Klang hatte Dominik ganz bewusst das Notizbuch zukommen lassen. Sie hatte die Klimaanlage in der Bibliothek kälter gedreht, um ihm Gänsehaut zu machen, und natürlich war sie auch die Anruferin gewesen, die Poppi erschreckt hatte. Bellinda Klang hatte das Buch heimlich wieder aus der Kabine geholt und sehr geschickt dafür gesorgt, dass die Knickerbocker-Bande auf der Spur blieb und viel erzählte. Der Plan der Chefstewardess lautete: Alle an Bord sollten über den Geisterpiraten reden. Die Diebe wären den unter der Wirkung des Gases stehenden Passagieren als Piraten verkleidet gegenübergetreten und von ihnen für Luke Luzifer und seine Mannschaft gehalten worden.

Die Männer hatten sich im Hafen absichtlich so auffällig verhalten. Alle sollten sie sehen und bestätigen, dass die drei an Bord gewesen waren, als die *Mary Blood* in See stach. Das machte ihr Verschwinden noch geheimnisvoller. Übrigens befand sich in der riesigen Tonne, die Axel entdeckt hatte, ein aufblasbares Rettungsboot. Damit waren die Männer in der Nacht ihres Verschwindens zur *Queen Victoria* gefahren, wo Bellinda sie durch die Ladeluke an Bord geholt hatte.

Der Kapitän gab ein Zeichen und aus den Lautsprechern des Speisesaals ertönte eine Fanfare. Neugierig sahen alle vom Essen auf. Der Kapitän erhob sich. Ein Kellner reichte ihm ein Mikrofon.

„Meine Damen und Herren, als Kapitän der

Queen Victoria ist es mir ein Vergnügen, Ihnen vier junge Menschen vorzustellen, die mich sehr beeindruckt haben." Er bedeutete der Knickerbocker-Bande sich zu erheben. „Durch den Einsatz und den Mut dieser vier konnte ein Verbrechen verhindert werden, das Ihnen allen und diesem Schiff schlimmen Schaden zugefügt hätte. Die Aufmerksamkeit, Beobachtungsgabe und der Scharfsinn von Lilo, Axel, Dominik und Poppi werden uns allen immer in Erinnerung bleiben.

Als Auszeichnung dafür verleihe ich den vieren den Titel Ehrenoffizier und überreiche ihnen eine Medaille."

Zu feierlichen Klängen befestigte er jedem Knickerbocker an der Brust einen funkelnden goldenen Orden.

„Ehrenoffizier, nicht schlecht. Werde ich vor meinen Namen auf meine Schulhefte schreiben." Axel grinste.

Nachdem sich alle wieder gesetzt hatten, applaudierte Frau Freimann noch immer. Poppi fiel ein großer Diamant an ihrem Finger auf. Er war Teil eines prächtigen Rings mit einer aufgeklappten goldenen Muschel, in der er wie eine Perle lag.

„Habe ich den nicht beim Bord-Juwelier im Schaufenster gesehen?", raunte sie Lilo zu.

Ihre Freundin nickte.

„Hat Frau Freimann Geburtstag?"

Lilo schüttelte den Kopf.

Der Kapitän beugte sich vor und fragte Cecilia Freimann in diesem Moment: „Werden Sie an unserem Gästeabend singen, gnädige Frau?"

Bescheiden lehnte Frau Freimann ab. „Es ist mir eine Ehre, so gebeten zu werden, aber die Seeluft war nicht gut für meine Stimme."

Dominik grinste in sich hinein. Er kannte den wahren Grund. Die anonymen Briefe hatten Frau Freimann abgeschreckt.

„Und sie weiß noch immer nicht, dass sie von ihrem Ehemann stammen, der eine große Blamage gefürchtet hat. Aus lauter schlechtem Gewissen hat er ihr gleich den Ring gekauft", flüsterte Lilo ihren Freunden zu.

„Bis zum Passagierabend sind es noch zwei Tage. Wir könnten Frau Freimann doch sagen, wir wüssten, von wem die Briefe sind, ohne den Namen zu nennen", schlug Axel verschmitzt lächelnd vor.

„Hab Mitleid mit unseren Ohren!", flehte Lilo so theatralisch, wie es sonst Frau Freimann tat.

„Mal sehen", meinte Axel.

Ein echter Knickerbocker ließ bekanntlich niemals locker …

Die Kreuzfahrt dauerte nur noch vier Tage, dann ging es wieder nach Hause. Wie lange wohl der nächste Fall auf sich warten lassen würde?

Werde Mitglied im Knickerbocker-Detektivclub!
Unter www.knickerbocker-bande.com **kannst du dich als Knickerbocker-Mitglied eintragen lassen. Dort erwarten dich jede Menge coole Tipps, knifflige Rätsel und Tricks für Detektive. Und natürlich erfährst du immer das Neueste über die Knickerbocker-Bande.**

Hier kannst du gleich mal deinen detektivischen Spürsinn unter Beweis stellen – mit der Detektiv-Masterfrage, diesmal von Lilo:

HI, DU,

diese *Mary Blood* hat mir echt Rätsel aufgegeben. An ein Geisterschiff habe ich aber von Anfang an nicht geglaubt. Schließlich war der alte Dreimaster sogar auf dem Radar zu sehen. Axel ist dem Geheimnis des sagenumwobenen Piratenschiffes dann ja auf die Spur gekommen, bei einem seiner Alleingänge mal wieder – typisch. Aber Schwamm drüber, schließlich haben wir ihm diese tolle Kreuzfahrt auf der *Queen Victoria* zu verdanken.

Wären die Freimanns nicht Kunden von Axels Vater, hätten wir die Sommerferien wahrscheinlich zu Hause verbracht und nicht unter der strahlenden Sonne der Karibik. So, jetzt zu meiner Frage, die ihr bestimmt mit links beantworten könnt. Wie lautet der Mädchenname von Frau Freimann?

Die Lösung gibt's im Internet unter
www.knickerbocker-bande.com
Achtung: Für den Zutritt brauchst du einen Code.
Er ergibt sich aus der Antwort auf folgende Frage:

Wie heißt der Held der griechischen Mythologie, dessen Reisen und Irrfahrten von Homer geschildert werden?

Code	
07499	Zeus
47099	Odysseus
97490	Priamos

Und so funktioniert's:
Gib jetzt den richtigen Antwortcode auf der Webseite unter **MASTERFRAGE** und dem zugehörigen Buchtitel ein!

Tschau, tschau
deine

Lilo

HALLO THOMAS!

Wolltest du schon immer Schriftsteller werden?

Zuerst wollte ich Tierarzt werden, aber ich habe beim Studium schnell erkannt, dass das kein Beruf für mich ist. Geschichten habe ich mir immer schon gerne ausgedacht und geschrieben habe ich auch gerne. Allerdings nicht in der Schule, denn meine Deutschlehrer waren immer nur auf Fehlerjagd. Geschrieben habe ich mehr für mich und durch viele Zufälle ist aus dem Hobby ein Beruf geworden.

Wie lange brauchst du für ein Buch?

Ganz unterschiedlich. An guten Tagen schaffe ich etwa 20 Buchseiten. Es gibt auch Tage, an denen ich nur wenig schaffe. Trotzdem setze ich mich immer hin. Ich höre übrigens immer mitten im Satz zu schreiben auf. Am nächsten Tag fällt das Anfangen dann viel leichter.

Erfindest du alles, was in deinen Büchern steht oder recherchierst du viel?

Natürlich recherchiere ich, wenn es das Thema verlangt. Sehr gründlich. Das ist auch wichtig für mich, weil ich mich sonst beim Schreiben nicht sicher fühle. Zum Recherchieren bin ich schon U-Boot gefahren, durfte einmal als Flugschüler ein kleines Flugzeug steuern, habe einen Sturzflug miterlebt, Tierpfleger bei der Arbeit begleitet, lange

Gespräche mit Tierschützern geführt und viele Städte und Länder bereist. Die Geschichten selber entstehen natürlich in meiner Fantasie.

Woher nimmst du eigentlich deine Ideen?
Hm, das ist mir selbst ein Rätsel. Sie kommen ganz einfach. Ich ziehe Ideen an wie ein Magnet ... Ich halte Augen und Ohren weit offen und fange sie auf diese Weise ein. In meinem Kopf reifen sie dann. Manche ein paar Wochen, andere ein paar Jahre. Von 1000 Ideen setze ich aber nur vielleicht 30 um. Ich sammle ständig und überall. Oft genügt ein winziger Anstoß und auf einmal wächst daraus die Geschichte.

Entstehen deine Geschichten erst beim Schreiben am Computer oder hast du sie schon vorher ganz genau in deinem Kopf?
Mehr als zwei Drittel sind fertig, wenn ich mich zum Schreiben hinsetze. Ich notiere jede Idee in einen Mini-Computer, den ich immer dabeihabe, aber nur aus einigen werden dann Geschichten. Manchmal braucht das „Wachsen“ ein paar Wochen, manchmal ein paar Jahre.

Was ist das für ein Gefühl, wenn man so bekannt ist?
Ich finde es toll, wenn ich Briefe und E-Mails von Lesern bekomme, die mir erzählen, wie viel Spaß und Spannung sie beim Lesen hatten. Das ist für mich ein wunderbares Gefühl. Schließlich schreibe ich nicht, um bekannt zu sein, sondern weil es für mich die tollste Sache der Welt ist.

Thomas Brezina

Thomas Brezina

Der Schatz der letzten Drachen

Band 51

Kaum haben die Knickerbocker ihre Expedition ins Reich der Komodowarane begonnen, wird Axel von einem der riesigen Reptilien angegriffen.

ISBN-10 3-473-**47094**-5
ISBN-13 978-3-473-**47094**-5

Thomas Brezina

Spuk im Stadion

Band 63

Axel fiebert mit Dominik, Lilo und Poppi dem Finale im neuen Fußballstadion entgegen. Doch noch vor dem Anpfiff kommen die vier Freunde einem kaltblütigen Verbrecher auf die Spur.

ISBN-10 3-473-**47096**-1
ISBN-13 978-3-473-**47096**-9

Ravensburger Bücher

Thomas Brezina

Das Internat der Geister

Band 57

Geister aus grünem Licht versetzen Lehrer und Schüler im Internat Eulenturm in Angst und Schrecken.

ISBN-10 3-473-**47095**-3
ISBN-13 978-3-473-**47095**-2

Thomas Brezina

Der Computerdämon

Band 58

Als Axels neuer Computer ein Eigenleben entwickelt und Daten versendet ohne dass ein Befehl eingegeben worden ist, stehen die Knickerbocker vor einem Rätsel.

ISBN-10 3-473-**47098**-8
ISBN-13 978-3-473-**47098**-3

www.knickerbocker-bande.de

Ravensburger

HC_06_011

Ravensburger Bücher

Thomas Brezina

Der Schrei der goldenen Schlange

Band 50

Die goldene Schlange scheint der Schlüssel zu einem gut gehüteten Geheimnis zu sein, dem die vier Mitglieder der Knickerbocker-Bande auf der Spur sind.

ISBN-10 3-473-**47097**-X
ISBN-13 978-3-473-**47097**-6

Thomas Brezina

Im Bann des Geisterpiraten

Band 64

Auf einer Kreuzfahrt erfahren die Knickerbocker von dem Piraten Luke Luzifer, dessen Dreimaster nach einem blutigen Raubzug tagelang auf offener See trieb, bevor er entdeckt wurde.

ISBN-10 3-473-**47099**-6
ISBN-13 978-3-473-**47099**-0

www.knickerbocker-bande.de

Ravensburger